’m ok

莫过如此

莫梵稀·著

北京联合出版公司
Beijing United Publishing Co.,Ltd.

Some journeys cannot be put into word,
but she said, I'm ok.
有一些旅行，它难以言喻。

在窗户的旁边

窗户的旁边有窗
旁边的旁边还有窗
窗映照着天空
脸从窗口窥视

窗的对面有山
对面的对面还有山
是谁隐藏在山中
呼啸着吹来山风

人的身边有人
身边的身边还有人
人掩藏起爱情
人身上散发臭汗

夜的那边有夜
那边的那边还有夜
夜晚堆积起石头
梦想从夜晚诞生

夜的深处有故乡
深处的深处还有故乡
是谁也在那里歌唱
从黑夜到黎明

—— 谷川俊太郎 《在窗户的旁边》

我时常在窗户的旁边。

在机舱、火车、动车、地铁车厢的窗口，

家里自己房间的窗边、各种旅馆的窗户旁，

写那些字、拍照、回忆过去；

从窗口看风景、看人、看自己、看世界。

窗户的旁边有雨滴、有落叶、有尘埃、

有爬虫、有余晖、有盆栽，

还有零零散散的对话。

序言

这些年来

2012年12月21日，传说中的世界末日，我出了我的第一本书——《请把我留在最好的时光里》，我把它送给我爱的人。而末日并未如期到来，这多少削弱了我对莫测时空的恐惧，增加了对过去和未来生活的无比热爱。当时，这本书远不及自己想象中那么完美（它没有让我一夜成名或暴富，但也没有给我的生活添什么麻烦），我就一直想找机会要把它变得更好。（你可以认为我对暴富以及一夜成名依然抱有幻想。）（够了！谁不盼着自己的孩子越长越好看？）就像这些年来，日子一天天奔跑翻飞，遗憾和破碎依然是生活的一部分，时而也需腾出四肢，仔细拾掇一下身上皮肤的纹路，问问自己，我到底收获和失去了什么。

是的，时间过得太快，而我成长得太慢。正如我用了许多许多时间走一些弯路，吃了一些亏；发了无数无数的誓，说我再也不那样了；流了一遍又一遍的眼泪，祈求时间和你不要走。

回想起来，刚开始旅行那几年是为了摆脱当时的生活和工作环境。当时刚参加工作，很多事譬如在人际交往与看待人情世故方面不够成熟，不能轻拿轻放。我去外面看世界便是为了接触各种不一样的人，感知不同的人情世故，和他们相遇、交流，然后感受那种各色人等和我交错分离的体验。那时候，看风景反而没那么重要，我只想看看不一样的人生，那些经历锻炼了我如今不一样的心胸和不一样的观念。当然，这都无比珍贵。那时候的梦想是简单粗暴的：只走陌生路，只爱陌生人。“世界那么大，我才不要被角落里鸡毛蒜皮的争夺捆绑了自己的眼睛。”而今，很多梦想都在一一实现，许多梦想之外的惊喜也纷纷经历，却发现自己更加珍惜和在乎身边熟悉的人，以及在身边普通平凡的风景里制造流动的意义和快乐，而非当初的逃避。现在，我可以更主动和清晰地去寻找自己想要的了。

我要记录的是一生所遇到的人，以及和那些人经历过的事——用相机也好，用文字也好，用回忆也好，用笑也好、泪也好。我只要亲历的人生。

这一路留下的都是关于时间的记忆。在时间面前，照片是短暂而永恒的，它记录和描述了属于我们自己眼中的世界和自己的一切。在留有一些遗憾的季节一路走过，把看到的记录下来，比起那些完美的出行季节，会花掉更多的时间去面对环境中的不确定。如此状况下，以往安全的经验无从参考却处处有暗示，旅途上记录到的一切，都是收获到的惊喜。如此旅行，在我看来，已是完美。

好的风景是自然，是雨天、雾霾也挡不住的浑然天成。最好的相机是自己的眼球。而好的旅程呢，不是为了留下来过的证据，也不是为走别人没走过的路，更不是为了把那些经历变成炫耀的资本和谈资，不为依附和取悦别人，而是记住眼前，记住那个时刻心灵留下的震撼和力量；是你突然意识到了生活和时光给了你什么，为了成长，你付出了什么。

去看那时的天和景，让自己也成为那道独一无二的风景。曾在风中摇曳的那些人和时间，温柔而又无法倒流。在风里、雨里、夜里、泥泞里，在自转的轨道与他人相遇，珍惜每天这一张底片，在光照下为这真实可爱的世界增添一点儿新的觉知。随遇而安而又逆流而上，并保持对生活的尊重和对一切的热爱，这是我旅行的意义，亦是生活的态度。

MOK ┃ June 22nd，2015 ┃ 于伦敦飞广州 夜航

CHAPTER I
致流年

或者倾心，或者寡欲

有一些走着走着渐渐被忘却是重要的日子里，
你学会了莫失莫忘，边走边爱，自问自答。
—— 题记

American Girl Place
sunglass hut
FedEx

爱与疏离

亲爱的影子：

每次跟你说话总要首先正式地写上“亲爱的××”，才能开始和你谈话。从此，“亲爱的影子”便像是某个电器设备的开动按钮，钉在墙上、安在遥控器里、镶在机身醒目处、嵌在我的心上。

也许，平凡的日子如流水，的确会在我们尚未察觉之际冲淡一些我们曾认为重要、震撼的东西，如某记忆、某重逢、某惊喜、某触痛、某莫可名状。喜极而泣、忘情相拥、骤然销魂的那些美好瞬间日复一日，最后竟也变得有点儿血肉模糊不过如此的意味，这是多么可惜。我真想找个袋子像拾贝壳一样在记忆的河流沿着与路相反的方向往回走，一件一件把它们拾回来装好，留下来陪我，请不要再跑掉！

对你说出这些的时候，我几乎都要流下眼泪了。我不知道为什么。我总感觉爱与被爱在随时间和空间一点一点地疏离。我既享受也害怕这种无法掌控的关系，就好比成长和衰老。但爱的疏离和它们又不同。我仿佛更不愿意承受疏离之痛。拥有过而又各自走向不同方向的疏离，真叫人难过。

最近，我依然频繁地在空中飞，变换城市并被季节或风向滞留，

保持着僵硬而干枯的坐姿。有好几次，我由于疲惫不堪偷懒，素面朝天、衣着邋遢独自出行的时候，飞机上都碰巧会遇上邻座是那种很帅或有型的男士。因为狭窄的空间无法选择保持距离，这种被生硬安排的两两相遇，有许多很微妙的感觉。比方说，对方恰好长有我喜欢的外形和气质，而我感觉自己打从登机与对方眼神相遇后，对方也同样被我深深吸引，但由于礼貌或其他原因，我们都必须保持近距离的沉默与偷偷打量。那么近的距离使我俩像情侣一样感受彼此的呼吸、等待起飞或降落的烦躁、高空遇气流震荡时的不安、膝盖与膝盖的碰触，为表现出见惯不怪而故作镇定地张望，等等。我们对彼此并不反感，也有着强烈的好奇与猜测，但彼此都知道若干时间后我们都将和对方永别，再不会见面。我们也曾短暂地互相欣赏，但始终没有问对方留下再次遇见的方式。那样短暂无间的共处时间里，无论是内心或共处的空间，

我们都根本无法将彼此疏离！

而那些在一块儿吃饭，但各自拿手机刷微博、微信貌合神离的恋人，他们的心到底相隔了怎样的深海与高空？

我发誓我再也不要去计较了！一次拥抱、一次别离，毫无征兆。

然而，我又能怎样？亲爱的影子。

“我们的照片会泛黄，我们会为人妻、人母，尽管有时候我不知所云，但你让我觉得不孤单。有人说，我可能没有时间给你写信，因为我要参与人生。我不会，我会一直给你写信，因为写信是确保你的存在和善解人意。”

如影随形。若即若离、随遇而安而又逆流而上。只有把你别在胸口上，这样，无论我身处何方，都会在最近的距离感受你。

你的 M ┃ 2013 年 3 月某日

钻石雨滴

亲爱的 1868：

很久没有给你写信。

那样长的一段时间里，我四处奔跑，像麋鹿般自由，眼睛里总倒映着远方。我喜欢温暖，也习惯潮湿。我一个人过四季，从春天到冬天，从南方到北极，从白昼到永夜，从安静到喧哗，像裹了战袍的女兵，全然无惧人间的晦涩与短暂，竭力只为一切能触碰的美。

向别人转述自己眼中所见过的景象总是件难事，无论从文字还是图片，总会有偏差，总会有人觉得作者过于主观，作品总带了自己的情绪喜好。事实上，这的确是不公平的，无论对阐述的人还是观众，都不够客观诚实。和过去一样，我极少看攻略，偶尔会参考一些，但不会去写。攻略犹如经验，而经验就像是衣服——别人的衣服未必适合自己。我只写遇见和共鸣。所以，我总是要去亲见。我喜欢意外邂逅。我没有可以给你讲的故事，你的人生需要你自己去参与。

而另外一些时候，我急于同你共享（注意是“共享”而非“分享”。总觉得“分”是一个苹果掰成两半的事情，一人一半所得的分量无形中就少了）。我刚刚结束的旅程——那些也许别处司空见惯的事情，我总认为它被我碰到是有自己的使命的。我得记下来、写下来，或者拍下来，将它放大并赋予意

义以及心灵上的停留。

几天前，我在芬兰的罗瓦涅米——拉普兰的首府，它在北极圈内，是圣诞老人的故乡，那里有数不尽的森林。

那天半夜，我随新认识的导游Jame驱车去郊外森林的无人区，准备看极光。Jame是俄罗斯人，会五国语言但他说他会一辈子在芬兰。他的裤子屁股侧面挂了一把芬兰刀，刀柄上还镶有驯鹿的头。我笑着问他，你是防狼呢，还是耍酷？他用俄式英语一本正经地告诉我，过去，在简陋铁匠铺中锤打出的芬兰刀，是当地人生活中必备的工具：狩猎、捕鱼、宿营、防身……芬兰刀随身不离。有身份和地位的男子，在腰间红色佩带上挂一把芬兰刀，更显英俊潇洒，风度翩翩，芬兰刀成为服饰上最醒目的饰物。那是我生平第一次和一个带刀的男人去深山老林。这让我瞬间觉得此行的酷爆指数又升了好几

格！我穿了长长的雨靴，Jame 给我一个围在头上走路时照明的小射灯，我带的相机脚架正好拉成拐杖的样子被我拄着，进山了。

我们把车开到远离城市、乡村所有人造光源都没有的地方，周围全是几十米高的参天针叶林。繁星点点闪烁在头顶，我从未见过那么密集、那么晶亮、那么近的星空，这也是我第一次在北极圈看星星。那个时候，星星像是某种有生命的生物。某动物，某人物？它们张嘴呼吸、闭气、撇嘴、打哈欠……只是没声音，像极了在上演一场关于生命的默剧。密密麻麻的星星啊，忽明忽暗，忽近忽远，是钻石的雨滴，又仿佛是爱慕过却又碰触不到的那个人。外面被山峦和密林环绕，安静又冷飕飕。我们待在尖顶的木屋里等待（我几乎是在张臂迎接了）极光的到来，他劈柴、生火、烤芬兰传统的果饼和香肠，烧自制的红莓茶，我在零下十摄氏度做一个不愿醒来的梦。

你记得吗？我们也曾在遥远的西藏惊叹，伸手摘星般地仰望银河，而感受却截然不同。西藏的星星虽硕大明亮却是寂寥的，它的确在诉说自己的事情，我们也为之频频点赞却无法感同身受。而芬兰的星空却不是那样，它仿佛在邀你加入其中，并且保证它的铺天盖地不会为你增添更多心事。内心保持平静，无论抬不抬头，它都与你同在。看到这些，我仿佛才看到了真正的生活。我还发现，原来星星是会走路移动的，不是一直挂在原地的。

四个小时过去了，极光没有到来，某一瞬间也闪过一丝不甘的念头，像赴某世纪之约。或许原本就只是我单方面的意愿，而极光并不知道我要到来。嘿，下回我得让它知道我是来看它的。对，下回。

快乐的时候无惧短暂，难过时也能安然度过。看过蓝天，也面对过落叶。

你看，我本只是去找寻极光的，却收获了钻石雨滴般不会坠落的银河与夜空。

这就是我要与你共享的生命中的某一天。

年华没有让我们彼此相忘，那证明孤独只是某刻频繁闪现的假象。

你依然如影随形，陪我贯穿未来，细数生命的公路牌。

"I promise !"

你的 M | 2013 年 10 月 18 日

上海
——
幻想中的城市

亲爱的 1868：

有一个词语关乎我对城市的认识——迁徙。是命运驱使我去那些有召唤力的终点，每一次停下脚步，探索走过的地方，味道都不是太真实。城市在它产生生命的那一刻，就被赋予了太多的希望。我来上海的时候，感觉不是太准确，高楼间的弄堂、行色匆匆的人群以及某些极其像日本和欧洲的街道。用准确的语言描摹一个城市太难。它给我踏实的感觉，这感觉比许多问题来得更快。

像每一个来这里生活的人一样，那个睡觉的房间并不能承载太多的意义。如果天气足够好，我会把全部的时间浪费在有意思的地方。那里有好风景，在家和工作的路途中。

我开始观察它，好像在某些日子，它是香艳的。那时我初到这儿，碰到许多香扑扑的朋友，他们在这个城市生活得很好，没有太多烦恼。每天一起去些慢悠悠的地方，就度过了一些时光。那是一个充满幻想的回忆，我留下它们，继续用自己的方式描摹上海。

还有一种可能，大概是“阴郁”——一个比较准确的词，像是伦敦的天气。在高架桥下、梧桐树旁、一间嘈杂的爵士酒吧内，一切都有一点儿摸不透的阴郁，那是许多奇妙与现实的念头，以及强大气场组合起来的形容词。我在这阴郁里走过了很多高架桥，也会停下在路边买一杯果汁喝一口，甜腻也压不住这些感觉。日子如此过下去，阴郁成了气质里的一部分，倒不至于讨厌。你看那黑猫幽幽地陪伴你，不吱声，也透着阴郁，这也是温暖的一部分。幻想里出现的神秘情节，一直写在这个现代城市的脸上。

季节的变换充满暗示，春和秋。一些矛盾对立的答案在这个城市里是成立的。犹如一张不断褪色的老照片，我以为那些曾经发生在这里的故事都变得不是那么清晰了，而如今的颜色似乎也还是黑和白，并没有太多区别。那时看了一些索德克的照片，他在用自己的方式为一个阴暗的窗口上水粉。后来是荒木经惟，不停地在照片上涂抹着丙烯。我在这个春秋里，被叫作摄影师，就把许多问题重新留给了照片，至于黑白赋予这座城市的颜色，我没有再去分辨，继续用相机去涂抹一些色彩。那是幻想中上海的颜色，我在那个春天捕捉了光影，去一些茂盛或破旧的地方，留下很多照片在自己的相机和别人的相机里。

依恋是一件不可多得的事，上海成了我的某种情人，无时无刻不对它莫名挂念。擦地板与按快门，行走世界的计划和永远等不到的出租车，一切自然地发生。

它是隐藏在时间里的线索，驱使着我重新开始细密反复的生活，那又是一段有意思的事，或者也可以叫作事件。我没有具体统计过到底买了多少件家具，从世界各地带回了多少有意思的东西，我有多少本书，有多少个朋友在这里，错过了多少许诺的约定，完成了多少想要做的事。倒是它给了我一个集合这一切的机缘，那是幻想也完成不了的事。

它太巨大而又细腻，藏着许多曼妙细节，一碗小馄饨和艺术馆里的作品包含了同样多的内容，那是幻想中上海的另一部分。我在这里停下并抓住每个与自己沟通的机会，试着搞清楚它们对于我来说到底是什么。你说那座城应该离我们有多远，它身体里的一切秘密我是否能够感知到？这时候觉得它太大，我成了一个城市的探险者，或是一个信使一般的人，带着某种难以言喻的使命去挖掘我生活的归属。这像是一次秘密的宗教聚会，我带着使命完成幻想里的任务。

我再次来到上海，那时并未意识到我曾离开过它一段时间。这是一个有意思的开始，我规律地码字、拍照、往返于人群。那些新的旧的朋友都回来了，像是一场小小的相聚，有的温暖，有的暧昧，说不清感觉。一场场电影落幕，一个个演出结尾稀稀拉拉，还有一些爱看照片的，一直盯着探究，不在乎外部的世界。幻想的旅程再次拉我入了迷局，此刻我甘愿成了它的观众，期待着下一出戏剧的开始，它跌宕，欢喜，结局却已不是我幻想中的事。我成了这座城市最好的观众，在它无尽的悲伤与喜悦中一天天地继续幻想着成为这样的上海的一部分。

需要一些美好记忆的产物，于是有了感性的体质。我热爱的上海回到了它的幻想，菜市场依然熙熙攘攘、叫卖声不断，那些漂亮的男人女人在街口欢笑，等着下一个时刻的到来。青年若有所思，没有家的人在地铁游荡，更多的老年人在晒太阳，对咖啡、红酒的品味还是它的主题，这每一个故事都是在上海的幻想中固定地发生着，我开始了我的新生活。

上海的幻想在构成这个城市带给我的感知。这一切也不算是太重要。它吸引我来到这里，因为迷恋那些幻想，我还想继续在这里生活、观察，以及继续尝试对于细节的迷恋。这可能是我停下脚步的最后一座城，仅仅是可能。

你的 M ｜ 2013 年 10 月 18 日

那些骑单车的日子

亲爱的 1868：

说不清楚我对单车的热爱是怎样一种复杂的感情。我也不敢想象如果没有单车，人类会怎么样。

反正我在 7 岁不到就学会了骑“二八”大单车。在一个伸手可见五指的黄昏，我爬上我爹那辆巨大无比的单杠单车，在我姑姑的搀扶下，不到两小时就学会了。激动的心情难以言喻，次日天刚亮，我就独自偷偷跑到楼下去骑，两个来回后撞到了刚刚被垃圾车清空的垃圾箱里，两个膝盖血流不止。但当时的心情真是好，仿佛是自己学会了某种特异功能。从那以后，骑单车对我来说便是开心的事情。

小时候看日剧，有个叫《风中少女》里面的女主角，当时就是每天上下学都骑单车，长发在风中飞扬的样子，自由又自在。我童年时的学校生活，也是在单车的陪伴下度过的，每一天，每一天。关于校园的单车生活故事太多太多了。我的单车被许多喜欢我的男生放过气，被偷过，又被找了回来。我也总和学校门口那些修单车的阿伯聊天，我喜欢在后尾座搭我的好朋友。上学的路上，单车坏了是我迟到的主要原因。总之，它让我欢喜、让我忧。

长大后，我拥有过许多单车。再长大后，我去了全世界许多许多的地方，只要有机会骑车，我都会骑，就算不骑时，看见帅帅的骑车的人，我也想把他们拍下来。

我想，等有一天我是满头白发的老奶奶了，只要我还能独自爬上车子，我也会感觉自由和快乐的，我会在座椅上回忆起我美好的青春时光。

你的 M ｜ 20×× 年 × 月 × 日

亲爱的 1868:

这是在飞往 X 国 S 城的长途班机上。16 个小时的飞行时间，现在已经在 2 万多英里（1 英里约为 1.61 公里）的高空飞行了 5 个多小时。飞过了国境，还是无止境的夜。你开始拨手表时差错位的针，液晶屏不时会告诉你此时的位置和即将前往的周边城市和方向。你清楚地知道此行的目的。此刻，周围大多数人已经渐渐安静下来了，但总是有混血的宝宝突然尖叫着来提醒你，这毕竟不是自己家，你别想沉醉安稳地休息。一年四季，也只有这个时候，internet（网络）是毫无用处的。也好，也好。我已经厌倦于长时间盯着膝盖前上方的那块小屏幕上循环播放的旧电影和循环播放的航空公司广告。于是，我打开了电脑，就像铺开一张没有一点儿皱纹的纸，指腹就是我的笔，也像是我要用它们编织一件有纹路的毛衣。

每次，只有在离开地面离开自己熟悉的那片空间时，我才会觉得生命的轻。轻轻地，就飞了起来；轻轻地，就那样抚摸着与平时不同颜色的夜与日。夜不再是嘈杂的，汽车喇叭不停鸣叫的，有酒杯碰撞的，或者静谧得发指的。白天也不是那种喧嚣的，尘埃四起的，张牙舞爪的，眼花缭乱真假难辨的，或者毫无情趣的。白天和黑夜在飞机上都是一样的，只有窗外是非凡的。非凡的，非凡的点点灯火，非凡的山丘脉络，非凡的海屿水色，非凡的浓缩忽略，非凡的星光闪耀，非凡的落日红霞，非凡的云层烈焰。非凡的，竟也分不出真假。

美丽和不怎么美丽的空姐，换了不同的工装来回穿梭。别致的帽子总是最最吸引我的。精致的五官、挺拔的身形、对一切见惯不怪的表情、职业式的复制笑容，我常常对这种“具有高度的美”产生怀疑。这样的美，放低一点儿，再低一点儿又怎么样。想起坐过的那些航班里，最让我感觉舒服的就是日航的空姐。她们甚至有些已经上了年纪，但总是弯身出现，靠你特别近、特别近。阿联酋国际航空则很别致，会给每一个乘坐飞机的小朋友在座位上来一张 Polaroid 即影照片，镶在漂亮的画框里，让人难忘。

在这时候选择看书，我不习惯。我无法专注。我总是要完全躺下来才能融入书里去，我连翻杂志都爱躺着。我座位后面几排有男人的呼噜声。我其实挺害怕别人打呼噜的。爸爸睡觉会打呼噜，而且很响。我妈妈特别累了的时候也打呼噜。而我从来不打。妈妈从小就说我睡觉的时候是最安静、最美的，一动不动，睡品特别好。我记得你也是。这让我觉得好难得。

低头敲键盘，发丝偶尔碰到鼻子，香香的，痒痒的。平日里有多少机会能这样碰触体会自己或爱人的发肤味道？这种体验是珍贵的，让人格外有幸福感的一种感觉。你知道，离一个人多近的距离才能够这样。

确切地说，我不喜欢一切的飞行餐，无论是中式的、法式的、英式的、阿拉伯式的、日式的……世界上所有的飞行餐，番茄只是你认得形状的番茄，奶酪只是看起来是奶酪的东西。飞行餐仅仅能满足填饱高空中没有选择的胃。当吃喝变成单纯的生理需要的时候，你知道，多么痛苦！话虽如此，可每到派发点心时，我都小心翼翼地配合，从来不在座位前方布套上贴“已休息请放在旁边”的小贴纸。

因为我必须知道，旅程走到哪里了。

这漫长的安静时刻，我当然会想起你，想起往事。想起那些回头不再的日子，具有高度的回忆。

我还是跟你说一件在飞机上有趣的事吧。有一次坐国际航班，去哪里忘记了，坐我旁边的是一个中国留学生和她的外国男朋友，我觉得男孩子长得像德国人，有点儿小雀斑，白白的，头发有点儿小卷儿。中国学生给了他一瓣自带的柚子，也不解释，小鬼佬也不问，三下五除二连皮吃掉了。我当时就笑死了，但是现在描述时觉得事情其实也并没有那么好笑。可当时真的把我乐翻了。莫非人在高空笑点就变低了？

拥挤。飞机上就是局促的拥挤感。每个人却都像拥有属于自己的孤独，而我觉得这种孤独又不太是被孤立的：小小的空间，陌生人毫无营养的肢体动作你也须静心细赏，旁人的呼吸都会听见。而厕所那立锥之地，倒是不打折扣的百分之百的自我空间。感到难过了，就上那儿蹲一会儿。习惯性地先冲水。遇到气流时，两手扶住把手。有点儿颠簸地光着屁股，背对着镜子，排泄物也在飞翔吗？感觉好奇妙。是的，我并不是特别担心。

你说呢？在机舱里等待是多么无聊的事情啊，但是你知道每一秒忍耐都离目的地更近一步，你便变得谦谦有序、知书达理、平静地待在当下。

……

可是，可是时光还是让人感觉难过。想到身边多少比我年纪小很多的、曾经趾高气扬的女生一个个都黯淡了下来，而我感觉我至今仍能闪耀。我不说话，也没有抖脚的习惯。算命的总说我会大器晚成。呵，不晓得是多大的器，也不晓得要多晚才能成。我对命运持有怀疑。这么多年来，它一次次地露着马脚，一次次地旁敲侧击，总是令人心生疑虑。

夜越深越冷，有个老太太从我旁边走过去上厕所至少四回了！还有人打了个大大的喷嚏。身上盖了飞机毯，有股纤维的怪味道，我不喜欢，却也难以丢弃。刚离开的彼城现在应该天亮了吧？而我此刻却在进入更幽深莫测的无尽黑夜。屁股和腿都有点儿酸。想起头顶行李架上有我自己带来的眼罩，

我应该把它拿出来，找个我喜欢的空姐要杯果汁，在还有一半电池的 iPod 里听一会儿歌，做个飞翔的梦也挺不错。就睡去吧。

晚安！

M | 20×× 年 × 月 × 日

亲爱的妈妈:

想想,这么些年,在最痛苦难受的时候,最想要的,就是你在身边。

今天是你的生日，我没有在家里陪你一起过。我在一个会下雪的城市，这里的人都喜欢穿长长的衣衫。我该怎么跟你形容此刻这里的夜？有一些雾气，但空气一点儿也不浑浊。白天，我的窗口对着的林子会窜出松鼠和鸟儿。我喜欢这儿，虽然喜欢，但还是会有一点儿落寞。你知道的，我离家独自在外太早、太久。到哪儿，我心里从来都系着你和爸爸。

在外面看到世界的许多精彩，无法带回家。雀跃时,真心感到幸福时,最想要的，也仍然是“有机会我一定要把妈妈、爸爸也带来”。

许多的话难以同你启齿，生活烦琐拖沓着，有时候混乱得几乎认不出自己的样子，却还在内心清晰地记得你的模样。我常常会把我们的合照翻给周围的朋友看，他们都说我笑起来跟你太像。哪知，我再怎么美好，也不及你年轻时的精致清纯，爸爸也这么说。我倒是希望我能像你一样坚强，你在我面前从来没有因为畏惧什么而慌张过。

发丝白了，皱纹铺满面，手上有老人斑，记性不好，语无伦次，让人讨厌。这些，也许就是我的未来。

去年此时，我给你拍照，你也给我拍。你已不太举得起我那重型的相机，眼睛老花也总对不好焦，但我自觉最好的照片，都是你给我拍的。我呢，只有在自己的妈妈面前，才有许多的自信和耐性。

今晚，我特别想跟你一起睡，像小时候一样摸你的耳垂和光洁的皮肤。

妈，我爱你！

CHAPTER2
亲爱的旅程

有一些旅行，它难以言喻

旅行是很奇妙的事，从出发到再次出发，
经历不同或相同的地方，感受一次次被刷新。
—— 题记

在风中的人与时

旅行是一件很奇妙的事，从出发到再次出发，走过不同或相同的地方，感受一次次被刷新。走路的距离与时间的维度并行，起初，简单游玩是目的。久了，他乡变故乡，旅行成了生活、成了早饭、成了睡前的牛奶、成了必读的一本书。这样行走下去，某一天，“无目的”这三个字我也不会讲，到时可能会有更不同的理解。

过去 8 年，我一次次以不同的方式踏上旅程。2014 年，我的足迹又出现在了一些地方，这种喜悦如家中衣柜，虽已盛满喜爱的长衫，却又忍不住添了新的。当我关上门，它们便乖张地待在那儿，带了

体温和不规则的褶皱，我凑进去能闻到风的味道，衣服口袋里甚至还有几片落叶，我知道，这份亲身抚触，具体年份的记忆，永远只属于我自己。

如有些喜欢的衣服，我会经常拿出来穿、试、脱下，然后折起。这些动作每次看似雷同，所带来的感受却并非一样。日本就是那样一个地方。记不清楚是第几次去日本了，只记得不管是东京、大阪、京都，还是北海道，也不管是春天、夏天，还是秋冬，每一次熟悉面对，每一次收获新发现，就如看望一个老朋友一般。春节期间，我第一次和父母一起踏上北海道的土地。登别地狱谷、洞爷湖的温泉、札幌的拉面、节奏慢而优雅的小樽、涵馆的夜景……这些一次次体验过的美好，由于多了家人的陪伴，多了很多的不同。这次不再像过去一样，贪恋美景，使劲拍照摁快门。少了许多牵挂和担忧，自己最想分享的那个人，就在身边、眼前。更多时候，和家人一起，我成了

一个导游，给他们讲述一切，安排照顾他们。角色的转换让我在这个熟悉的地方有了不一样的体会，虽然少了许多去探索新奇景象的时间和机会，但我更享受和家人在一起的时光。大多时候，我只掏出手机，简单记录下和亲人一起的美妙时刻，这些平淡的事，比起照相，更有意义。

四月初，樱花季，因为工作邀约，我又独自去了趟东京和京都。我完全随心意地走逛，在城市间切换交通工具，看樱花颜色从浅到深，看花瓣从茂盛到飘零，真是妙极。一家人、一个人，不同的方式去到同一片土地，心境与季节无关，独行也并不孤单，相机替我把一切记录得妥妥当当。这些年与相机为伴，一个人的旅程和工作，绝不会无趣，它会一遍遍地讲那些刚刚发生过的故事给我听。

五月，应波兰旅游局之邀前往波兰。虽是简短的八天，却被这个低调美丽的中欧国家迷住了。波兰气候宜人，当地人民朴素热情，漂亮姑娘太多了。用导游的话说就是“波兰样样都好，只有一样不好：就是邻居太坏了”（俄、德、奥等）。

印象深刻的是波兰的地下盐矿。维利奇卡盐矿位于克拉科夫附近，是波兰的国家级古迹，欧洲最古老的盐矿之一，也被联合国定为世界文化遗产之一。维耶利奇卡盐矿是波兰著名的盐都，也是中世纪波兰人民劳动艺术的结晶。盐矿里面的全部艺术品、祭坛，还有塑像都是用盐制作完成的，那里甚至有一个完整的地下盐矿教堂。在如此环境中，渺小是正常的感觉，一切都是大自然提供的智慧，它们被巧妙地安排和组织在一起，建立一切美丽异常的事物。除了观察，更多的是谦卑之心，在谦卑之心下，感恩自然提供了一切。

奥斯威辛集中营。那是波兰南部一个只有4万多居民的小镇。第二次世界大战期间，德国法西斯在这里设立了最大的集中营，这个小镇因此闻名于世。1940年到1944年，约有400万人在这里惨遭杀害。许多人是在苦役中死去的，其余的则被有计划地残杀。集中营壁垒森严，四周电网密布，内设哨所、看台、绞刑架、毒气杀人浴室和焚尸炉。这些都是用于消灭欧洲的犹太人的，这里是希特勒种族灭绝政策的执行地、是纳粹德国最大的灭绝营。奥斯维辛集中营是纳粹德国犯下滔天罪行的历史见证。置身其中，目睹历史留下的抹不去的证据痕迹，唏嘘！摄影对于我的一切在这里都变得不同，一切我曾以为摄影与人之间的关系，在这样的画面下都变得无力。人，才是我们要保留下来的唯一，因为人有灵魂、有信仰、懂得爱。

是这些不同的旅行经历，让我越发热爱不同的旅行方式，它们某些特质

是一致的。我可以试图获得旅行的不确定，随时根据当地的情况让自己准备得更充足，去面对更大的挑战。试图放任自我于旅途，抑或是战胜自然，那都是做不到的，怀着崇敬之心于心灵深处，获得与自然对话的权利，以尝试及探索的心态进入如此美丽不确定的状况，或许才是无目的旅行的最佳方式。一切真正的美，都是对自然的崇敬，如所有透彻的感情及思考，全部是理性上的感性。

回国休整两个月后，夏天在瑞士又开始了长达一个月的游荡，这是一次真正的无目的旅行。在瑞士，火车带我们到瑞士的任何角落，随时可以上车下车，半透明的列车像是要到一个永远没有终点的地方。它不知疲倦地匍匐前行，窗外的险峻峡谷、冰川草地及点缀，如不关门的博物馆，数不尽的油画在你左脸或右脸旁伴随着轨道的律动，成为记忆的闪回。在攀登少女峰峰

顶时，我的脚踏空扭伤了，这是我这么多年来第一次在旅途中扭伤。在我看来，这是一次不算太坏的经历，在如此麻烦的状况下，被友人推着去拍照，怎么想起来都应该算是幸运的，旅途未中断，人生也依旧在前方，一切都很好。

有些地方，此前我听闻过它的美，却没想到过我会被那种静谧至极的美震撼到哑口无言。冰岛就是这样的地方。出发前我做了大量的计划，也意识到这样的季节，寒冷、风大，处处面临封路的麻烦，甚至汽车随时都会被大风掀翻，但此时的极光频度却是更稳定的。那样危险的秋季，无人的公路没有尽头，在一切看似妥当随时需要随机应变的状况下，危险与美景纠缠不清，幻化成了美杜莎。而还原这样的美丽，充满了挑战，于是，我又一次随遇而安，开始了新的旅途。

冰岛很漂亮，荒凉、隔世，仿佛世界的一切与之无关。五年前，我在埃及写过《旷野旅程》，当时感觉那是十年来我去到过的最荒蛮的地方。相比之下，之前去的西藏则是苍凉。而冰岛的荒凉又不同，冰岛是稀世之境——荒界。这是一个一天内随意抬头就能看到两次以上彩虹的国度，这是一个处处充满意外风景的仙境。要不是因为行李被延误两手空空，我不会这么专注和毫无目的地感受它。我们在人烟稀少的公路开开停停，路边的风景像幕布一面一面拉开，冰川、火山、瀑布、温泉、苔原、海岸、丘陵、山脉等，童话小屋孤单地存在、矮脚马匹和绵羊三三两两或群聚点缀……我们时而像孩子般兴奋地尖叫，时而弃车而下，跳跑入大自然的怀抱。第一次感到机器（相机、手机等一切充电机器设备）无能，它曾讨巧夸大、亦善于弱化，也曾像战士寸步不离的枪械，而我此刻讨厌它，就是因为它们不能诠释亲历的震撼，

不能复制内心的体验，不能让我把心和眼掏出来给你看。正是这与世无争的灵性，才造就那么多如比约克般空灵的声音。

我在深厚松软的苔藓地里躺下，脱掉袜子用脚去触碰牛奶般的冰湖水，用手心去捧那黑黑的火山泥。我想回到大自然去，脚心触着地心、手心环抱树根。我觉得我一定是来自那里，静默如谜，又饱含生命的无限乐趣。彩虹、星空、极光，旷野无人，而前路蜿蜒悠远，无尽、无境。黑暗、孤独、未知、轮回……而此时，绿狐般舞动的极光就在床头、窗边。随之而来的是光明。无须影像证据，当良辰习以为常，我只想和你打一通越洋电话。

那天夜里，我在冰岛一个只有一百人的小镇山上，无意中发现雨雾弥漫的山顶有一个小教堂，它像梦境般突然出现在我眼前，仿佛那样直接地击中

了我情感的要害，让我快要哭出来。我是说，梦想有时候，它直接变成现实跳出来在你的当下，梦想与现实同时发生的感觉让我痛哭流涕。过去，我时常渴望和人交流，拍摄不同的陌生人。最近，我尝试着在旷野体会无人之境单纯的风景，发现那样我可以和自己的心灵反复对话，我听得见自己心灵的回答。现在的我更热爱大自然。“自然并不只是你用眼睛所能看见的一切，它还包括用灵魂才能看到的内在图像。”

在冰岛期间，在微博收到一个留言说：“如果你还在那儿，请不要踩踏

野外苔藓，不要轻易下路基，不要做违反当地环境保护政策的行为。此地生态系统很脆弱。”我觉得很受触动。我目睹过那些无垠的苔藓地，那是被雪和谜掩埋的生命。我想我已很少再为了拍照不择手段，在地标点刻意地摆设，拼命为了让别人看见我在哪里出现过，拼命为了显示自己的与众不同。

我已习惯用不受良心苛责的方式奔走、度日。这样一来就能消灭忧虑，恐惧的东西也就消失了。

Dubai

迪拜行

沙漠下仿佛有甘泉

沙漠中的绿洲，大多是海市蜃楼的愿景罢了。可能会有一些神来之笔，像一个奇妙的预言故事，真主在一片荒芜之中划出了一些区域，于是，那里成了非常显眼的地方，在阳光直射的位置，多了许多漂亮的高光。即使没有水，也在高光之下和海的边际埋藏了许多维系生命延续的潜河。三月有幸受邀前往迪拜，大致是这样的感受。

它不单单是拉斯维加斯加上塔克拉玛干沙漠，一些源自古印度的影响，已经变得格外精致，纹理和色彩投射出强烈的迪拜意识。这是一个信奉伊斯兰教的国家，传统和现代意识间存在着某种奇妙的关系。那些蒙着黑纱的中东女子，她们的传统依旧留存在黑纱之下，不可轻易外露的毛发，被认为是性感之物。她们以隐忍谦卑之心，保留这些观念。因我并非一个女权主义者，却有明晰的女性主义态度，我也穿上那些黑纱，看着那些跟我一样的人，想起那些犹太人的习惯。宗教之下的男女，都习惯于穿着统一的服装，把自我的表象深深埋藏于视线之下，努力证明我成为我的个人价值。那些跟我一样热爱拍照的姑娘，创作者或者是其他领域的女性，在这传统之下做着与我差不多的事，除了服装，别无二致。

怎能可以不提那个几乎是用黄金填海建造而成的帆船酒店？看到了它恢宏的气质，发自内心地被建筑师的创造力所震撼，那是些可以称之为活体的地球生命。我也只是知其然不知其所以然。我可以用一些有意思的类比概括这件事，安东尼·高迪与圣家族大教堂，扎哈·哈迪德和帆船酒店，也许那些金主并不能名留史册，可是人类发生了这些事，多了这些亘古于世的活体，它们在不断地刷新着谷歌地图和我们的历史。抛开偏见和财富带来的冲击，我把它当作是沙漠中的某种试航，以确认这个缺少淡水的国家，有着超强的自我雄心。另一部分精神内核的领会来自 HIPA，全球最贵的摄影大赛，不惜一切为那些有着摄影梦想的人创造成就自我的可能性。自然，去判断这几件事的价格是我们谁都无法否认的小心思，敞开心胸看

待这件事，似乎它在对文明和艺术有着某些层面的强烈暗示。

富有带来的友善与谦卑、现代化的城市结构、低污染的生活概念，这些算是庸常的概念了。而在沙漠里开创一个与众不同的文明，这件事多少还是有些了不起的。

Switzerland

瑞士行

穿越时间的旅行

美食、美景、文化、历史。旅行的理由不同，却可以是同一个目的地。瑞士代表自然静谧与纯简之美。与欧洲大陆那些经历过多次文化和历史变革的国家相比，历史上的瑞士，一直是避风港一般的国家，在多次战争中都保持中立，未曾被战火殃及。这些历史的巧合或是人为的，让这个国家保留了一份无争的个性。正是这样纯简的气质，让我喜欢这里，并把它推荐给每位朋友。

初次去瑞士是 2008 年，在之后的欧洲旅行中，我都选择在那里停留几日。虽来去匆匆，颇多遗憾，倒也如生活般，一点一点去积攒对它的理解。七八月是瑞士最宜人的季节。今年假期，我决定换种方式，在阿尔卑斯山山区来一次无目的漫游，只为对它多一份依恋。轻装简从，一个人揣着钱包就上路了，而且没有兑换瑞士法郎，出去的次数多了就知道一张带有 EMV 芯片的 Visa 卡就能搞定一切。另外，目前市面上有很多 Visa 卡都免货币转换费，非常划算，推荐大家在这个网站里挑家顺眼的银行申办一张：http://www.visa.com.cn/personal/GC_Growth/。

瑞士人喜欢坐火车出行，火车是所有旅行的首选交通工具。订票取票和现场买票也都可以用卡，刷我这张免货币转换费的 Visa 卡不仅划算，更无须为现金和找零而烦心。瑞士有着方便快捷并且完善的公共交通网络，可以在任何时间到达你想去的任何地点。就算是人口最稀少的地区，每小时至少都有一趟列车来到你身边。城市与城市之间的直达线路，会穿过绿树繁茂的乡村地区，也会穿行在错落有致的山峦瀑布间。火车会带我们到瑞士的任何角落，半透明的列车像是要到一个永远没有终点的地方，它不知疲倦地匍匐前行，窗外的险峻峡谷冰川草地及点缀，如不关门的博物馆，数不尽的油画在你左脸或右脸旁伴随着轨道的律动，成为记忆的闪回。美景如此，梦幻二字都显得狭隘了。

苏黎世

苏黎世虽是一个小城市，但每次路过苏黎世，我都想待上两天。它是瑞士最重要的交通枢纽，而它的迷人，更是叫人难以拒绝。那里有大自然的诱惑，中世纪哥特风格的建筑群和静谧的乡村美景让人沉醉。摄影师画家艺术爱好者，认为它是欧洲不得不看的重要城市。在古城，在左岸的上村下村，在大教堂博物馆里，涂有铅层的玻璃、哥特木质结构、鹅卵石人行道、颜色不复杂的尖顶，这些自 18 世纪以来保存完好的细节使得整个城市美轮美奂。如今的老建筑很多被改成了豪华的餐厅、咖啡馆、博物馆，像班霍夫大街（有卖全世界最贵的东西，周日不开店）、圣母教堂等地，不仅能欣赏到令人惊叹的中世纪建筑文化，还能拥有回味无穷的购物美食体验。值得提醒的一点是，如果刷卡时店员问你要用哪种货币消费，记得一定要选择当地货币（此处即瑞士法郎），这样可以避免被额外收取一笔服务费。

夜幕降临，沿苏黎世湖漫步，看当地人在湖边钓鱼、游泳，此时的感受更真实，原来我们身边一直都有平淡美好的存在。湖边的小商店里，你可以买些精致的小礼物送朋友，每件小物的细节，都

饱含温润细腻的情感。这里一直都是有工匠情结的人们最爱购物的地方。苏黎世城内及周边小镇有许多大大小小的博物馆、画廊，有大量的艺术收藏品值得慢慢参观。在第一、第四、第五区，电影、戏剧和歌剧都是你最好的选择，不必介意语言不通，艺术传达的情感会感染你，只要用心感受和享受就是了。

卢塞恩

卢塞恩位于瑞士最美丽的湖边。在这里不仅能看到闻名遐迩的卡贝尔乔、狮子纪念碑、毕加索博物馆，同时得益于高空缆车和齿轨铁路，还可以饱览到威武雄壮的皮拉图斯山、铁力士山和瑞吉山全景。卢塞恩我来过三次，每次都会在教堂桥（卡贝尔桥）边走走。白天、黄昏和夜晚，不管什么时候来，它都是那个样子，安静、古朴。这次我选择在早晨最少人的时候，来到红棕

色屋顶的古老木造桥，这座昔日保护城市的防御建筑，造型不复杂，但让人印象深刻。桥两边风光迷人，那几只天鹅仿佛永远无忧虑，高贵洁白地在湖里生活着。特地没带相机，前几次光顾着拍照，根本没有专心欣赏屋顶下与梁柱间的三角楣，屋檐梁上的三角形彩绘，那是卢塞恩和瑞士的历史。这些绘画在一场大火中毁掉了 80%，能见到的都是依原图重绘的作品，虽非原作但精彩依旧，走一趟木桥就像逛了美术馆一般。

采尔马特和马特洪峰

采尔马特以神奇的马特洪峰闻名，这里至今保留了许多野生生物和防鼠小木屋，它也是世界上最著名的禁止汽车通行的阿尔卑斯村。居民和游客需将车停在塔什村，马特洪峰哥达铁路将游客送到采尔马特，著名的“冰川快

车”便是往返于采尔马特与圣莫里茨之间的观景列车。沿途的风景秀丽，使得明信片上的风景画相形见绌，一定会让你按捺不住频频起立拍下许多照片。村里有许多五星级的木屋酒店，你可以无目的漫步欣赏群山美景，也可以闲逛密密麻麻的商店和咖啡馆。马特洪峰海拔较高，登山非常危险，但是采尔马特大街小巷充满了饱经沧桑而意志坚定的登山者。要感受生命的气息必须登一次马特洪峰。

伯尔尼

这是我第一次来瑞士的首都，黑熊是这座城市的标志，连电线杆上都站有黑熊。与卢塞恩、苏黎世等其他城市不同的是，这个城市像是时间停止了一般，建筑和人们都停留在中世纪，一点儿都没变。但是不论是在苏黎世这

样的大城市，还是在采尔马特这样的小村庄，或是在伯尔尼这样完整保留了中世纪风貌的历史名城，此行在我从钱包里掏出那张 Visa 卡的时候从来没有收银员对我说“对不起，请换一张卡”或者“抱歉，这里只收现金”。

这座城市是顺着河流走势而建的，古城路的两旁都是古老的拱廊，即使下着倾盆大雨从城市的一端走到另一端也不会被淋湿。在街道上到处点缀着漂亮的雕塑喷泉，随时可以看到有人用嘴接水，这里也是人们集会的地点。在伯尔尼大钟塔下，每个正点报时前，总是聚满仰天展望的人群，他们等待准点报时后塔里的窗户会钻出点儿什么来。在这些山川河流湖泊之间慢悠悠地穿行之际，可以拥有一些瑞士独有的顶级体验：高海拔徒步漫游、听漫山遍野牛铃声看日落、品尝奶酪火锅、住在需要坐缆车的酒店，体验高峰上的日与夜、山顶泳池。

有人说："山是所有风光的起始点，也是所有风光终结的地方。"而我觉得，在瑞士，风光哪里有起始点和终结点，因为除了山，还有湖，还有望不尽的川谷，它们是另外那些风光的起始点。

真像广告语“Everywhere You Want to Be”所说的那样，感谢 Visa 卡一路带我踏上梦想的旅途。最后，我也要感谢 Visa 对我这篇游记的支持，但所有内容均基于本人的亲身体验，只希望能给更多朋友一些旅行的启发和帮助。

Australia

南澳大利亚行

——

海岸线上酒香四溢

2013 年 8 月上海酷热难当，但有幸得到机会前往南澳（南澳大利亚州），我简直像黑暗中抓到救命草——终于可以逃到凉快的地方去避暑！

在对南澳进行了粗略的了解及结合当地旅游局的推荐线路后，我做了简单的行程计划，递交了签证资料（南澳的签证十分简单，无须繁杂资料，直接去领馆签，需提前 2 周左右，直出电子签证）、订了马来西亚航空公司从上海前往阿德莱德的机票、确认好酒店。带上相机，我的假期开始了。

南澳是欧洲自由殖民地，首府阿德莱德（Adelaide）在德文里有贵夫人之意。然而，真正到达南澳这片土地我才发现，这是一个被神眷顾的国度：这里有澳洲最纯正的自然风光、最友善热情的民俗民风，有丰富的野生动物资源以及天然有机的世界一流美食、海鲜和代表澳洲品质的澳大利亚美酒。

我准备先在阿德莱德市区随便逛逛，体验一下大致的感觉。和以往一样，我觉得要一窥一个地方的人文风俗民情，造访当地的市集是一个很好的方式。所以一到酒店 Check in 完我便跑到阿德莱德中央市场（Adelaide Central Market）。位于阿德莱德市中心，邻近中国城的阿德莱德中央市场有140年历史。市场内近80个摊位及商家，除了贩卖生鲜鱼肉及蔬果的之外，同时还有各式各样的奶酪、甜点、面包、核果以及肉类加工品。大部分优质的农畜产品皆来自于南澳省各个城乡地区。因为是南澳大利亚高质量味美食材的集散地，就连阿德莱德市知名的餐馆主厨都喜欢在中央市场采购食材。除有各种高质食材，中央市场还有许多小型咖啡档，我是早上6点多到的酒店，7点半左右到市场，我也经常在早上去过欧洲其他国家的市场，但在这里第一次看到那么早就有人排长队买咖啡，有老有少，有绅士有美女，他们或握杯子站着聊天，或坐在椅子上张望说笑。我都有走错地方的错觉了。要不要这样优雅！感觉美好的一天就这样从一杯咖啡开始了！

从市场出来我跳上一辆公车，之前听说过在阿德莱德市中心有四处游览的免费 99C 路巴士（City Loop 99C），以及一条古老的有轨电车环形线，我正好可以体验。从车里可以看到大街小巷被规划成格状，四周绿化被精巧设计，整齐漂亮，街道两侧的建筑物与许多尖顶漂亮教堂散发出浓郁的英国风情。加上便利的交通，游览这座花园般的城市相当方便，因此它也被冠以“20 分钟城市”之名。乘巴士和电车可到 Rundle Mall 购物，或去北大街（North Terrace）、南澳博物馆、艺术馆、图书馆以及阿德莱德植物园、动物园等景点，每个景点间距离不超过 20 分钟，十分方便。

下午我乘有轨电车从市区出发，不到 20 分钟，就踏上阿德莱德最受欢迎的海滩格雷尔（Glenelg），这里有一流的钓鱼码头、小吃店、咖啡馆、餐馆和数百家商店。在杰蒂路我闲逛游览，拍别人玩各种沙滩娱乐、并在海豚的陪伴下欣赏无敌的细软沙滩日落美景。

第二天我从 Hertz 租车公司租车前往世界上离首府城市最近的著名的奔富玛吉尔酒庄（Penfolds Magill Estate）。在专人指导下品尝了奔富优质葡萄酒，参观藏有享誉国际的格兰奇的酒窖。格兰奇系列的葡萄酒在如今的市场中成为葡萄酒收藏家竞相收购的宠儿，有

澳洲酒王之称，且是世界上12支顶级红酒之一。在这里我还被邀到酿酒师实验室，了解葡萄酒的风格和品种，逐一品尝不同品种葡萄酿造的葡萄酒，然后亲自调制“Make Your Own Blend”，有自己偏好口感的葡萄酒。亲自酿造的葡萄酒装瓶后可以贴上自己名字的酒标带回家做纪念。

从酒庄回来的路上我去了黑氏巧克力厂（Haigh's Chocolates Visitors Centre），它是澳大利亚最古老的现存巧克力制作公司，是全世界屈指可数的仍直接从自己烘烤的可可豆中纯手工制作巧克力的制作商。可免费参观工厂古老巧克力的手作过程。黑氏巧克力在外形和包装上不像比利时、瑞士或其他欧洲那样花哨多样，甚至可说是简单朴素，但味道和口感却独树一帜，且价格非常亲民，是带回国内的理想手信。

对市区有了基本了解后，我决定去袋鼠岛。需要驾车90分钟左右到袋鼠岛轮渡（Kangroo Island Sealink），把车也放进渡轮，再坐约50分钟就可达到袋鼠岛了。原以为袋鼠岛是个小岛，没想到来到后才发现居然那么宽广，原来它是澳洲第三大岛，有幽静的海滩和

繁多的处于自然栖息地的本土珍稀动物。袋鼠岛最著名的当属海豹湾保育公园，那里是1000多头稀有澳大利亚海豹群的永久栖息地。懒散的海豹分散在沙滩、沙丘下晒太阳，光滑乌黑的身子，悠闲地享受南澳阳光的普照。近距离看到这些小动物的生活状态，我忽然觉得生活其实可以很简单、很悠闲。

在袋鼠岛沿着海岸线一路自驾，沿途风光极为瑰丽，刺槐、茶树、桉树、山龙眼灌木丛密布在路边；海岸则是海豹、海狮和许多野生动物物种的天堂；时不时能看见成群结队的绵羊驼羊在草地吃草散步；公路上还经常窜出袋鼠，树林里还有野生考拉，几乎随时都让人想停在路边拍照。

袋鼠岛最漂亮壮丽的景点当属神奇岩石（Remarkable Rocks）——从很远处便可看见惊涛骇浪中耸立着的摇摇欲坠造型奇特的花岗岩石头堆，这些巨石扭曲怪异的造型是自然奇观。它们的颜色甚至随一天当中的时间而变。置身于千年巨石中间，竟有时光倒置的错觉，惊叹大自然的神奇伟大。

路上还经过了天涯海角灯塔与旗舰拱门。那儿是鸟儿的天堂，拱门下有成千上万的新西兰软毛海豹在海滩嬉戏游玩。袋鼠岛上还有全世界最小的企鹅，与普通企鹅完全不同。如此近距离地贴近大自然，轻易安全地亲睹珍稀野生动物，这些体验既难得珍贵又有趣。

袋鼠岛实在是太大了，每个景点之间大概要 2 小时的车程，据说这个小岛的面积是伦敦的 3 倍！不住下来停留三两天，实在不能领略其中美妙。另外岛上许多独特的餐厅，提供澳洲顶级海鲜；还有天然有机蜂蜜园工厂、澳洲龙虾养殖基地、桉树油绵羊油制作基地，这些地方都是非常独特代表袋鼠岛特色的，千万不要错过。

最后一天我来到阿德莱德山的德国小村汉多夫体会欧洲风情，在野生动物公园里零距离喂了 50 多头袋鼠、亲手抱到了考拉。阿德莱德温和的地中海气候，以及一马平川的地势也为人们创造了轻松舒适的生活方式，蓝天白云下，露天咖啡馆、酒店和餐馆林立；新鲜的蔬菜瓜果、各式海鲜美味及高品质的美酒足以满足挑剔食客的味蕾。短暂轻松悠闲的一周旅程很快就结束了，我的记忆全部留在了南澳那些海浪声里。

埃及行

旷野旅程

在埃及的那些天里，我和一些新认识的朋友，因着同样的好奇与寻找，经历着别处的喧嚣和变幻，也经历着别处的繁盛和衰败，一步一程，一程一城地，从这里到那里，从未知到略懂，从降落到沉浸，从没有到拥抱。

早就听闻过埃及人民的热情与好客。这次亲历了，尽管只是短短几天。他们每个人都很热情，但热情背后似乎又有着陷阱。比方说赞你说你是他见过最美貌的中国女子，然后跟着就请你去他店里

消费，或者说要小费（这里连国家机场的厕所都有人收小费，1 美元 1 次）。

也许是单身前往以及东方面孔的缘故，在飞机上就有埃及男子开始搭讪，一个在广州做服装生意的埃及兄弟用并不太流利的英文从埃及天气聊到几千年的历史，再从两国政要聊至经济状况。这位埃及兄弟最后简明扼要地问 How old are you（你多大了）以及 What's your name, cell phone number（你叫什么？给我电话），这类极其私人的话题。埃及小伙儿临别还特别叮咛：Call me when you come to Egypt, Promise me!（到埃及给我电话，相信我！）

我们的导游——一个 25 岁的埃及小伙儿，非常正直、老实、负责和爱国。他叫阿龙，阿龙是个中尉，在开罗大学念中文，非常负责，他总是说："我们埃及人很喜欢你们中国！很讨厌罗马！"阿龙在埃及国家博物馆讲解的时候把我给雷到了。本来 2 小时的讲解，在他的认真负责下硬生生地讲了 4 个半小时，讲完一个典故又用中文重复问我们："明白没？这个东西很重要的。""太伟大，太厉害。""这个还需要回去巩固一下。"讲到这个世界上最大的博物馆准备关门我们才出来。我最后 2 小时已经体力不支，见到凳子就坐着不动，

حسن و يوسف
EL SEBAKHI
لتجارة أدوات صيد الأسماك

完全被他打败了。我在金字塔拍下了他，十足的埃及特产！

没事的时候，我就在街上随便走走。在亚历山大市——位于地中海岸边，许多人在悠闲地享受阳光浴——情侣、小孩和老头儿。一个老头儿看见我举着相机，便用手比画英语说："你拍我？拍我要100美元！你拍啊，你拍！"我当然知道他这是在跟我开玩笑，故意跑到他跟前，突然蹲下身子举起相机，对着他"咔嚓"一下，给他来了个大特写！然后迅速溜掉，听到他在后面哈哈大笑。

在开罗郊外，我看到埃及人民过着平凡而又有滋有味的生活：赤着脚悠闲地骑驴溜达的老者，以及身后热情洋溢的抢镜少年；牵着4个不同身高的孩子，欢笑着走在乡间小路上的年轻的阿拉伯母亲；老式宝马车上那对老得牙齿都掉光了，但是淡定自若的夫妇；卖杂货的老头对我边拉边唱："China!China! I love China! Beijing! Beijing!"（中国！中国！我爱中国！北京！北京！）这些画面那么动人和安稳，他们对生活又爱又期待，在他们的眼里看不见麻木和冷漠，这些都让我忍不住拍下，同时又担心备用的电池不够！真想把这些故事带回家！

这些画面最让我难忘的是，开罗郊外入夜后露天士多（杂货铺子）旁纳凉的那对父子：小男孩待在父亲的怀里，手里没有玩具，不吵也不闹，父亲也没有给他讲故事、没有给他做鬼脸，小家伙乖巧地瞪着一双要看穿宇宙的大眼睛。而此时，周围是人烟稀少的无尽黑夜。这个画面深深地打动了我。

我看到的埃及有点儿落后，但老百姓的内心强大。他们有非常明显的自豪感，虽然身处的环境有些脏、破、乱，但他们有非常强大的内心和自信心，也许是他们有对现在生活的满意和过去辉煌历史带给他们的财富。我看到的那些人，不是一个两个，而是几乎整个群体，年轻人、老人、小孩儿，男的、女的，都是那种很积极向上的精神状态，没什么萎靡落魄的面貌，而他们也并没有华衣在身。跟经济发展带来的影响没关系的一些东西也许会打动你。我也说不上是什么，但真的很打动我。我镜头下的每个人，都那么精神饱满，对生活充满探索和满足，他们开心地做着自己的事情。比方说沿路跟我打招呼的那些人，他们就是抽出个空隙，向我展露他们自己当下的快乐感受，这花不了多少时间，却又不是预先安排的，就很打动人。所有这些，跟我之前没去时想象的的确很不同。我以为只有沙漠和黄土，大家默默地在太阳底下辛苦耕耘、眉头紧锁。

我也拍了许多的街景，虽然杂乱破败，但每个人都忙碌得要死，人也很多。洗车的、修理钟表什么的，生活每一天都有新的注解的样子。我很喜欢看到这些。

他处的斑斓让我更加用心费力地一步步往上爬；别人的落拓让我更加珍惜现在的所有。这个国家，我不懂的太多太多，这世界给我的太多太多。真希望内心能更加安静地透过瞳孔静心地看这个无声世界里的安然华美。

就像那则神话里说的：天空把自己的光芒伸向你，以便你可以去到天上，犹如阿拉的眼睛一样。

阿蒙（Amon）神、孟斐斯、爱与丰饶的女神哈托尔（Hathor），以及那些还未解开的谜团，也许，我会再来。

Fr

TIPS

- 去卢浮宫，别只看《蒙娜丽莎的微笑》。
- 向 Costes 兄弟讨教时髦生活，他们的搞怪杰作随处可见，缔造了一种巴黎人的生活方式。
- 在文质彬彬水流安静的塞纳河边站一站，什么也不做，只要看看别人或者被别人看看。
- 每年 10 月 12 日是拿破仑诞辰，太阳会从凯旋门正中下坠。
- 真的，看到什么你都不必大惊小怪，因为这一切只是巴黎的，凤毛麟角。

法国行

谁人爱巴黎

到如今，脑海里仍是车边擦身而过的一排又一排法国梧桐，还有一望无际平整的向日葵。

橱窗内的牛角面包，几世纪以来都是弓着身子，静默地微笑。

裤袋里是不带任何情感的金铜色欧元硬币。秋风塞满了旅人的行李箱。

卢浮宫屋顶尖上的乌鸦，一身中古的毛发。

街上突然停立相拥接吻的恋人。

此时，他们仍在原地保持着那个 Pose，就像是被导演喊了 Cut。

时间仿佛被拉直，情绪来不及解说，一切已成追忆。

在过去，在当下，在往后，谁人爱巴黎。

—— 引言

“天使艾米莉还在蒙特马的小店工作吗？”

没到巴黎前，我当然知道一些关于她的事。我擦 Chanel 的口红，墙上挂有埃菲尔铁塔的画，晓得有法国红酒的就是高级大餐，我在超市排队买最长的面包。我还知道西蒙娜·德·波伏娃，我看苏菲·玛索的《心火》，听她用法语念情书。同时，我所在的城市楼盘都叫塞纳河花园，咖啡馆都叫左岸，商业大街都叫香榭丽舍，婚纱影楼都叫巴黎春天。我们这里，满大街都是挎 Louis Vuitton（路易·威登）包的大婶。我所以为的巴黎，她时尚而艺术，她优雅而浪漫，她显赫而排场，她当然高贵傲慢，她当然遥不可及，她当然独一无二。

然而当我真的去了巴黎才发现，这些，都不是真正的巴黎。按我说，要抵挡她的魅力是徒劳的。就算时光倒流 100 年，情况也一样。

我到了巴黎。第一个感觉就是她令人窒息的扑面而来的奢华气质。这种真实存在感很难用我低劣的拍摄手段，或者是平庸的语言去进行歪曲处理。

城市的气质最初是由街头展现，巴黎就像一个家族显赫而又年轻貌美的倾城女子，她傲慢，有底蕴，就像上层社会 ball 场那个即使不是全身穿金戴银，一出现也能第一时间抓住众人眼球的优雅而时尚的华贵女子。她的芬芳随之扑鼻而来，让你呼吸困难，让你很难在第一时间里说出看见那种光芒闪现的瞬间到底是喜欢还是害怕。对，就是这种感觉，整个气氛和空气里凝结的，都是法国悠久历史沉淀下来的奢华气质，它们就像突然打开闸门的洪水，朝你扑面而来，防不胜防。完美的哥特式教堂巴黎圣母院，手笔过于铺张的里沃利柱廊街，霸气的凯旋门，都留给我永世难忘的震撼。

然而，这还不是我爱的巴黎。

走在巴黎的街上，你很舒服，这种舒服并非来自于你呼吸的空气，而是流动着的空间里，很多时候你能确实感受到“浪漫”与“自由”的气息。且这种舒服是有压抑感的，这种压抑感来自于你面前所在环境的那种强大，就好比你面前突然出现了大海——一望无垠的大海。你在它面前感觉非常好，但是你心里是有敬畏的。当然，这种敬畏也有可能来自于无知。无论如何，她让我敬畏。

关于浪漫，我在香港前往巴黎戴高乐机场的 12 个小时多的飞机上早领教了。法航机上的男乘务员，长得不高也不帅，瘦瘦的，甚

至有些秃顶，但非常酷，哪种酷呢？是让懒于尘世的我也忍不住回过头去探索的酷。他时而戏剧性地与空姐如恋人般眉来眼去配合为我们提供机上服务，时而又夸张地学那些 gay 佬扭屁股走路，这些做派，一点儿也不让人讨厌，但在东方，几乎是不可能的。这位酷毙了的先生，在为我倒水时因过于投入在自己营造的那个角色中不能自拔，导致一边倒一边漏。只见他手拿杯子，眼睛看着我，挖空心思地跟我做鬼脸，结果水溢出杯子，流了一桌子。对此，他似乎也见惯不怪，但是非常抱歉地冲上来，动作幅度非常大地夸张地抓起超过三寸厚的纸巾给我擦干净。那个样子，真是滑稽死了，嘴上还“sorry sorry”个不停，好像是犯了错的小孩儿，接着用法语啰里啰唆地念了一堆，也不管你的反应，便一颤一颤地扭着大屁股走了——好像此前他根本没有来过。留下我这个受害人，乐呵呵地整理着衣服，面对如此独特的法式幽默和

风情，我是真的连气都生不起来。于是，便各自沉醉了。

在巴黎街头，西堤岛的桥上，或者巴士底广场，经常看到走着走着就突然来 feel 互相拥抱接吻的恋人。巴黎是个浪漫的城市，结婚率非常低，他们不愿意背负婚姻的责任，却异常享受男女之间你追我逐的浪漫恋爱的感觉。说得难听点儿其实就是骚，更难听点儿就是滥交，怕束缚，还美其名曰“博爱”，一个人两个人这样就叫骚，整个民族都这样则可被称作浪漫。这个东西我还没搞清楚真相到底是什么，因为无法更进一步地去接触他们真实生活的情况，但是这种存在的确在被冠以自由的名义之后，便是真正的自由了。

巴黎人不讲英文，这不代表他们英文不好。事实上，大部分法国人的英语都很好，但是他们不屑于说。因为不懂法语，我在巴黎买东西或者问路都是用英文，法国人都能听懂我说的，然后不紧不慢地，用法语来指示我。他们也极少有像日本人式的那种热情。这就是优越感。他们觉得自己的语言最优雅有力量，他们自信自己是最完美的。

巴黎人当然生来就爱漂亮，因为这里自古就是欧洲文艺重镇。在这里，每一个生物，爬着的、走着的，只要是活的，都是当今世界最时尚的！在巴黎，每一个人都是时尚高手，时装设计师，或者模特儿。从白发苍苍的老人到蹒跚学步的小孩儿，从男人到女人，从乞丐到富豪，再从他们手中牵着的宠物到交通工具的造型，从发型到衣着，从举手到投足，哎，太酷了！满大街都是那种欧美大片里的主人公，满大街都是贝克汉姆、维多利亚、小甜甜布兰妮、凯特·摩丝、麦当娜和布拉德·皮特，搬运货物的黑人，打领带的熟男，婴儿车里还没满月的baby，挺拔修长的穿唇环美女。那些露天酒吧和咖啡馆里，永远猜不出年纪的女人，穿了简单但很好看的低胸开衫，坐在那里，猛烈地抽烟，仿佛除了摆造型，别无他想；而那些模样打扮得比客人还帅的男招待，也会露出迷人的笑容，和客人开些无关紧要的玩笑。街上的年轻人，大热天披一身皮衣，铆钉鞋子露出尖尖的头儿，戴着耳机有节奏地走，却一点儿也不让人反感。

还有的人，他们也是披了引人注目的行头，在路边、小酒馆、小桥边，无忧无虑地晒太阳、聊天、发呆，或者猛打手机。

而所有这些，都很协调、合理并且相安无事地存在着，谁也没有必要评论谁，谁也没有必要去膜拜谁，谁都是各自舞台上的最佳主角。

Damned cool! 来过巴黎的胖子同伴发了誓，“回去我要减肥，要把头发留长，两边刮光”，“以后我绝对不只穿白衬衫上班了！”对。人，可以长得困难，但一定要酷，从外形到气质都一定要酷！否则在巴黎是很难混的，就等于行尸走肉，别人都不想多看你一眼，活着，还有什么意义？

为了酷，为了活出意义，一辈子你至少得去一次卢浮宫，对着蒙娜丽莎笑，在左岸悠闲地喝杯热巧克力，或者欣赏路上装扮优雅的行人。

所以，去巴黎。

在中午也好，在子夜也好；顶着太阳也好，下雨天也好；感觉幸福也好，身怀落寞也好。

在那里，能找到所有我们想要的。

Italy

意大利行

桥上桥下，沉没威尼斯

威尼斯是古罗马时期一群陆地上的异族人将原本荒芜的滩岛湿地加固，打下百万根橡木桩，由几百座桥和石头小道连接而成的一座水上都会。

没有哪个弹丸之地会像威尼斯般的拥有那么多桥的了。大桥、小桥，石桥、木桥、铁木桥，威尼斯有将近500座完全不同的桥。它们不单连接水上和陆地，连接昨日的贵族辉煌与今日的没落华美，更是通向家园、通向自由、通向繁华、通向世界的象征，也是威尼斯人真实生活的舞台。

2009年，因着桥与沉没的传说，我迫不及待地开始了威尼斯美好奇异的水上之旅。

这座迷宫被海水全情环绕，但威尼斯的水不同于

其他地方的水，她并无大海潮起潮落的狰狞，同时又摒弃了湖泊小家碧玉式的矜持，她更像一个见多识广、有良好教养的大家闺秀。置身其间，我时常惊诧于她的平静和温柔：她或者忘我地闪烁粼光，或者寂静至只剩鸟鸣，船桨和船只间的碰撞也只是偶然的音符，连高高在上的阳光似乎也只有降落在运河的水上才能散发耀眼的金芒。河面时常就像丝绸一般柔软闪耀，一切的黎明薄雾、暮色低沉、混沌细雨皆是为了给威尼斯的水做陪衬。

威尼斯禁车，因此在这儿，不是在桥下坐船，就是在桥上走路，桥上桥下都有摄人心魄的好景致。在桥下，乘坐于渡船上，以贴近水面的视角去亲看古城建筑的斑驳和飘摇，情动处俯身掬一捧河水闻嗅，似乎就真实地碰触到了过往的繁华云烟。大大小小的石头和木桩在最近处影影绰绰，闪耀交错的时光，整个隐藏在威尼斯城的秘密不假思索地渐露于甘洌的海水中。于桥下仰望桥上的行人，曼妙女子俯身倚靠栏杆，顷刻间也成为我的风景，相视而笑，心中便都有了各自的一座威尼斯桥。过桥洞时听见桥上蠕动拍打的脚步声，我又为自己身体不动却已飘逸走过一段路程瞬间窃喜了，就像一尾自由自在的鱼，真是如梦如幻，平素的忧愁都被船桨远远划到身后去了。而在桥上，倚靠栏杆，运河波光粼粼，海市蜃楼都被踩在自己脚下，便又滋生出优越感，眼前必定铺陈了另一番宏伟景致：城内远近街区、教堂广场、钟楼、宫殿、博物馆、修道院，色彩绚丽浪漫无比的贡多拉小船，大海女儿的梦与荣光，水上都会的繁华尽收眼底。

威尼斯是一座泡在水里不肯腐朽的浪漫城市，而拜占庭金碧辉煌的圣马可大教堂（Basilica di San Marco）的大穹顶及哥特式建筑的总督宫（Palazzo Ducale）、丽都岛上的威尼斯电影节、假面告白的狂欢节（Venice Carnival）、双年展（Venice Biennale）、弗罗里昂咖啡馆（Caffe Florian）里 19 世纪的壁画、做工精良的玻璃水晶灯，这些都深深吸引了全世界的目光。

塞斯·诺特博姆曾说，如果威尼斯如同慢镜头中的泰坦尼克号一般沉没于大海，似乎从始至终，世界不过是做了一个荒唐的梦，梦中有宫宇和神殿、财富与权势、统治与衰落，美丽的天国自行消散，是因为尘世承担不起如此的奇观。

然而，陶醉于这个梦境一般的城市，谁也不愿意相信它会沉没。

英国行
礼物

England

英国人素来以严谨和死板闻名世界。我见到的英国人多数是这样的，不是特别幽默，也不常常微笑。小朋友很多，表情多是早熟的，漂亮姑娘特别多，我感觉比之前在意大利和希腊见到的还多。我拍他们的时候，老年人基本上不苟言笑，他们对镜头不是特别抗拒也不好奇。年轻人则比较有趣，我发现自己举着相机出现最受欢迎的国家首先是在土耳其，然后就是英国了。年轻人喜欢我。对我及我的相机好奇，在温莎和约克，我就分别被三四个年轻人从后面跑过

Johnstons
Cashmere
Made In Scotland
CASH

来问起我的相机；在剑桥，我甚至被多群年轻小伙子叫去帮他们拍合照。当他们发现自己被拍时，会重新整衣立袖，或认真地摆出古怪的表情，来重新配合我。他们哪知道我只喜欢他们不知情的时候被我拍下的样子。总之，他们喜欢我及我的相机。小朋友发现我拍他们的时候，会一本正经地凑过来，他们并不是好奇，他们凑上来会跟我说一大堆。比方我拍了一个路上活蹦乱跳的小姑娘，当她发现我拍她的时候，她冲上来跟我说：“你为什么拍我呀？你是觉得我好看，还是觉得我可爱？……”这样，话痨儿似的。然后摆了

Pose说：“你再来啊，你拍啊。嘿！”我喜欢看到他们各种各样的面孔。老年人显得比较无趣，他们好像对什么都没有太大兴趣的样子，偶尔会有跟我搭讪的老头儿，但他们都是来自意大利或者其他地方的。感觉这里的经济发展真的缓慢了，他们的面容没有特别放松，有一小点儿焦灼。

在牛津、剑桥、约克、温莎、爱丁堡，我都选择了一个街头同一景停留超过一小时，就站在角落里拍摄下往来的各色行人。我特别喜欢剑桥郡，主街道人很多，什么人都有，老做派打扮的教授，英伦复古红唇花裙麻花辫的单车少女，男扮女装的卖艺人，奇装异服的新学生，真是目不暇接，这才是真正的街拍啊。

像机关枪扫射般，拍完我就躺在草坪上晒太阳，想象自己旁边放着几本装帧精美的书，俨然是作者其间的一员。

我拍了许多。有时候，我觉得这些面孔就是这个城市送给我的最真实的礼物。

Say hi and bye
to Manchester

这些天来，英国关于异族分子的暴乱愈演愈烈，一群以黑人为主的底层青年的暴乱，从伦敦向伯明翰、诺丁汉、曼彻斯特传播开来。导火索可以完全忽略，就是借口滋事，抢钱和发泄是所有的目的。一个纯英国血统占 85% 左右的国家，居然被加起来只有百分之几的加勒比移民，或者别的什么烧了首都。三天过去了，警力还不够，议会要开会。简直不可思议。我不停地收到国内亲友关切的短信和电话。事实上，我自暴乱第一天就已在伦敦了，在市中心及郊外都没有感到任何异常，大街上、地铁站都是热闹的行人游客，郊外的居民也像在平日里。

但当我一路北上又南下到达曼彻斯特后，便又陆续而频繁地听到当地广播新闻关于暴乱的消息。刚抵达曼彻斯特那日天气非常不好，下着连绵的雨。街上的行人和车辆稀少，当地司机告诉我，上午这里一家便利店刚刚发生暴动，玻璃被砸，店里的商品被抢，还有若干公共设施被火烧。中午，我就餐的餐厅老板也板着苦瓜脸沮丧地告诉我："他的车昨晚无端被砸！"顶着凛冽寒雨和这些未曾亲见的传闻，内心对这个和上等人聚会作乐的喧闹城市产生了几分悚然的敬畏。而事实上，自从车进入曼城区域起，我就对这个棉纺织工

业城市没有多大的好感。与之前所有我到过的英国其他花园童话般漂亮干净的城市不同，曼城到处是新建的、灰灰的高楼大厦，空气不太好，建筑也不像其他城市般梦幻别致，行人的打扮与面貌也尤显随意。加上有了暴乱背景的渲染——可以想象我对它的印象有多糟。

果然，午饭后传来了全城戒严的消息。天上依然飘着阴冷的雨，市中心宽宽的马路上几乎没有行人。到处是警车，笛鸣声代替了这个城市平日的喧嚣。一堆堆穿着荧光绿、戴着黑色头盔的维警，表情严肃地威严站立，马路中间有许多冒着白烟的水井。现场气氛十分凝重。

一直以来，去每个城市，我都要先去他们的超市或便利店买饮用水：一来我很少有自带水壶装水的习惯，二来我肠胃不怎么好，买瓶装水可预防水土不服，并且欧洲大部分城市的依云矿泉水比国内便宜一半以上。这时候，我进到附近一家 TESCO（特易购），发现里边没什么人，东西也不多，门口还站着两个警察，不停地催促顾客快一点儿。那一瞬间，我心里甚至有点儿兴奋和激动——我肩上背着相机，我感觉门口的马路随时要爆炸或者着火了，我做好了随时冲上去捕捉拍下现场镜头的准备！然而，事情并没有这样。曼

城在英国警方的控制下暂时平静且神秘。而我真的不愿意在下午两三点就回住处，我才刚到呀，我希望多在这个城市看一看、走一走。于是，我决定坐车去艾伯特广场（Albert Square）逛逛。车子在经过一个公园拐角处时，突然窜出一群少年，拿着空酒瓶往我们的车玻璃窗上扔！看得出来，这个城市的暴民处在一种异常亢奋和激动的情绪中，他们好像在等待发生一些什么事情来打破平日平静乏味的生活。而作为初来乍到的访客如我，显然来得不是时候又诡异不讨巧：我不能像正常时候那般了解到这个城市平日里的真实样貌，同时却不可多得地领略到它在这一特殊时期有别于以往的刺激体验！我觉得自己是幸运的，虽然这的确打乱了我在这个城市探索和发现的计划。

在往艾伯特广场的路上经过了上午刚发生骚乱的地方，空中隐约冒着白烟，我远远就看到曼彻斯特玻璃公司的车和警车停在那儿，大概正在处理现场。旁边有电视台现场连线记者在现场播报，而周围并无好事的群众围观。看起来，整件事情已在政府的控制范围内了。我匆匆摁了几张并给予警方极大的信任与配合后，迅速离去。

广场情况也一样。没什么人，雨水把广场上那座维多利亚时代的哥特式建筑和门口的石子路洗得油黑发亮，花盆里的花开得鲜嫩欲滴，仿佛它们并不属于这个城市。我撑了把伞，就这样无目的地在广场来回踱步，我甚至还遇到了光看样子就长得很著名的新闻播音员在雨中现场摄录。

直到晚上回到市中心的住处，我才开始有了担心和恐惧。外面是幽深安静的夜，这是我这些年来在外唯一失眠的一夜：因为住在一楼的小房间，窗下就是小床，拉开窗帘就是马路。我担心半夜睡着了有人往我窗户扔石头、炸弹什么的，又或者沿窗爬进来，甚至会有无名长臂掐住我的脖子，总之，这种情境的夜总需要发生些什么。我把被子放到床的最外头离窗户尽量远，还把窗帘拉开一条小缝隙，以便随时掌握室外敌军的行踪……总之，我失眠了一整夜。天快亮时，感觉自己昏昏沉沉的，不顾一切地睡着了。醒来后才觉得是不是自己多虑了。窗外依然是曼城的雨和曼城的夜、曼城的天、曼城的街——是它们陪了我一整夜。

对于这个我来不及了解的城市，带着一些误解和遗憾，我匆匆离开，奔向我的下一座城。

亲爱的曼城，你好，再见！——就像我从没有来到过。

加拿大之行

这个世界的奇妙之处就在于，许多本来毫无关系的人，不知何时突然会碰上，然后你们会一起共同经历一件什么事。旅行中时常会遇到一些让人难忘的人，你和他们曾经很近，但各自最终又回到自己的原点。

Daniel（丹尼尔）是我在加拿大旅行时认识的当地导游。年长我几岁，但还是学生模样，衣着打扮非常朴素。他在温哥华机场接机。初见他时，他正斜倚在走道上，好像总是懒洋洋的样子，丝毫没有说服力。但是几天下来，我发现他非常真诚和热心，做事特别认真。他和我一样也是来自广州，大学毕业后就来加拿大留学定居至今，现在已经在卡加利拥有自己的房子，还注册了旅游公司。

在过去的旅行中，我遇到过各种各样的导游，有些很会说话，你也不能说他油嘴滑舌，因为他讲的都是你十分感兴趣并且觉得好玩儿的事情；有些十分无聊，只会照本宣科念历史；有些只会忽悠你买东西。相比之下，Daniel 似乎毫无亮点，你不能说他不好，但又觉得他的存在很重要。本来他就像所有的旅行路上带领过我们游走的导游那样跟我们讲讲当地的历史、人文、风俗，安排我们的交通、起居、食宿等。但当旅行的第四天，我们在 BANFF 国家公园的一处瀑布时，Daniel 突然对我说："你有没有玩微博呀？"我也没迟疑就说："有啊。的确是有的。"然后他问："你是不是就是 MOK 啊？"这可把我问到了！因为我根本没想过我会在茫茫人海旅行的路途中遇到来自网络的朋友，你知道，这种概率并不大。我不是那种有几十万粉丝的什么明星或红人，我生活中没有像在微博照片中般拾掇得很好，甚至有点儿不修边幅。Daniel 说，他突然看到我那天戴的红帽子正是我几个月前在英国旅行时所发微博中戴过的。他说："我是你粉丝哦！"

Daniel 大概一年前在朋友微博里看到的我。首先，他觉得我是美女，其次作品很另类，不是一般的糖水片，再次就是我全世界到处走，留下很多特别的照片，所以就关注了。真的吗？听他这么说，我觉得有点儿不可思议！他反而有点儿害羞地说："反正很巧啦，还能见到真人，呵呵。"

在加拿大那些天几乎每天都是看，看各种不同的湖、瀑布、冰川、雪山，以至于我都有点儿审美疲劳了。后来，我们便十分自然地聊起天来。Daniel 是 2001 年来加拿大读书的，当时是在萨斯喀彻温省（Saskatchewan）的萨斯喀彻温大学（University of Saskatchewan）。毕业后就到卡加利了。他感觉卡加利这个城市比较有活力一点儿，因为是最近 20 年石油工业发展起来的城市，就业机会比较多，有点儿类似中国的深圳。我问他："你后悔不？"因为我觉得加拿大其实还没有我们广州好。他笑了一下，说："后悔倒没有，经历也是一种财富。不过有时也会回想一下，如果没有出国，在国内可能也会混得不错，因为在国内的朋友同学都混得不错。"他说这里最吸引他的是生活比较休闲，民风比较淳朴。他感觉越是小城镇民风越淳朴，人也越热情，没有国内一些大城市的那些冷漠和紧张。加拿大人比较热情平和，特别是小城镇的人。

刚来的时候，语言沟通是最大问题。他记得刚来时住 Homestay—当地人家。那家大婶问了他一句 “How come”，他可郁闷了，不明白什么意思，难道问自己怎么来的？当然坐飞机来的啦，还是大婶你在机场接我的。他知道肯定有些特别的含义，细问才知道是 Why 的意思。吃薯条一下忘了番茄酱怎么说，只好说 Tomato Sauce，大婶当然知道 Daniel 说什么，热心地告诉他应该叫 Ketchup。

有次大冬天，他们的旅游车陷在停车场，就有人主动过来要帮忙，两车人帮他把车子推出。还有一次，朋友冬天开车不适应，陷到高速公路的隔离带，也是一辆皮卡车司机下来帮忙推车，然后对方还很不放心，一路跟着他开车，直到第二次又冲到隔离带，当地人再次帮忙。而且问是不是开了巡航，还告诉他冬天路滑，开巡航很不安全。但他说他极其不欣赏这里的慢节奏，做什么事都慢悠悠儿的。

我和他都是南方来的孩子，其时才十月初秋，我在此却穿上了一生中最厚的羽绒服，实在感觉不方便不习惯。我问 Daniel 对卡加利的气候习惯吗。他说他刚来加拿大的时候在萨斯喀彻温省，那里更冷，来到卡加利，已经暖和一点儿了。和卡加利比较干燥的气候相比，反而觉得比广州的回南天更好。天气是冷一点儿，但一般的日常生活还能适应，最主要室内都有暖气，不管什么时候，在室内都不用穿很多。还记得 2008 年回广州，正巧是寒潮来袭，粤北还有雪灾，那年很多在广东打工的人都回不了家。在家里都感觉很冷，24 小时都是那种湿冷，只要在家待着就冷，到外面走走才会热。但这里冷的时候，的确很冷。Daniel 说他在加拿大经历过最冷是零下 40 摄氏度，加上风速效应，相当于零下 50 摄氏度的感觉。只要在外面站 2 分钟，马上就能感受到刺骨的冰冻。不过他已经习惯了，会马上找室内的地方躲，尽量少在户外。

我冲他皱了眉头，真是不敢想象。

Daniel 现在在卡加利一人打拼，觉得累，压力大。做了 6 年导游，本身也很喜欢接触各行各业的朋友，就把加拿大介绍给国内的游客。他现在开始自己创业，压力更大，有时候觉得不知从何入手，如何尽快打开市场，当然因为资本有限。以前打工光出力就可以，现在需要考虑的问题更多，压力也更大。Daniel 和我说，幸福感、满足感什么的现在还没有，之前都是打一份工，有点儿浑浑噩噩的感觉，现在才算是为自己的未来做些打算。走在有点儿颤抖的索桥上，我对他说：“嗯，希望你很快就会感到幸福和满足。”

加拿大主要有三大块：东岸的尼亚加拉瀑布和五大湖，中部落基山脉，西岸的温哥华沿海景色。我觉得，加拿大国内的城市发展飞速，如果仅仅逛市区没有什么吸引人的地方。加拿大的特色是它的自然风光，还有各种户外活动。在这里，最主要是以休闲为主的观光，时间不要太赶，要去感受这片土地。

TIPS

景点推荐

- 尼亚加拉瀑布，感受到震撼奔腾的水流。
- 落基山脉，宝石般的露易丝湖、晶莹剔透的冰原。如果坐直升机高空俯瞰的话，会更加美妙。
- 温哥华或维多利亚附近出海观鲸。（需视季节而定）
- 冬天落基山脉的狗拉雪橇、雪地摩托车、滑雪都是南方客人很好的选择。
- 冬天在艾伯塔北部看北极光。
- 狩猎鹿、熊、羚羊等。

其中，租船出海、自驾飞机、酒庄品酒、狩猎和高尔夫等，是吸引中国游客的项目。总之，我建议和加拿大的朋友或公司多沟通，根据自己爱好兴趣制定合理舒适的行程。有期望才会有失望，在出发之前把行程大致定下来，玩起来才舒适和有安全感。行程尽量不要安排过满和赶，有自由安排的时间才可感受这里的休闲，或者安排即兴的项目。

CHAPTER3
除了美，我都无所谓

我只能为你拍一张照片

我认为，照相机是一种民主的工具，
它让每个生命的瞬间都变得有尊严。
—— 题记

除了美，我都无所谓

罗伯特·弗兰克说过，现在有太多的影像，有太多的照相机了。我们都被观看，这变得越来越愚蠢。好像所有的行为都是有意义的，其实没有什么事情是真正特别的，那只是生活。如果所有的时刻都被记录下来，那样就没有美了，而且摄影可能也就不再是艺术了。或许它从来就不曾是过。然而我恰恰这样认为，照相机是一种民主的工具，它让每个生命的瞬间都变得有尊严。

照相对每个人的意义都不太一样。影像之于我，是一种奇妙的记录方式，留下的可能是场面，也可能是某个瞬间的回忆、思考。当然，更多的是情感层面的东西。工作和旅行填满生活空隙，文字和影像帮助我在忙碌琐碎的生活中留下许多美好。回头看照片里的每一天，感受不再是琐碎、空洞的。这条线索是精致完美的，看好不看坏，快不快乐留在照片里。影像里的每件事绝对不是幻觉，它是真实面对自我的态度和反馈。无论你怎么觉得，我一直都是坚信的。

很多朋友是通过看我的照片和书认识我的，这些图片大多是我在旅行中拍摄的照片，以及部分女性摄影作品。停下脚步时，我会进入静止状态。这种状态导致我拍摄的很多照片如今都还安静地躺在电脑里，未来的影展中，它们或许会亮相吧。重要的一点，我无

意打破这些可爱照片在一起幸福而宁静的生活。

我的生活大致是这样：跟朋友聚会，照相；跟闺密逛街，照相；菜市场买菜，照相。可以这么说，我的生活基本上就是，每天照相。每天按快门，听到各种快门的“咔嚓”声。胶片、数码、宝丽来、手机，各种方式都好，这是我生活中重要的组成部分。

照相毕竟是技术性的艺术，合适的光圈快门、光比、灰度，还有组合关系、倒易率这些林林总总的技术问题，都可以通过不断地练习，一次次地扫街，不断去提高的。这些专业且精准的东西，是一定会在练习中逐步获得的。一旦掌握了这些，就能拍出一张好的照片吗？答案是否定的。

对于我来说，无论是什么样的相机，你得把它当作情人。很多情况下，

当美好的瞬间迅速出现且强烈地击打你的眼睛和内心时，用心去感受和捕捉瞬间的情感及情绪显得尤为重要。我是不确信精确的等待是个好方法，这就像你要对姑娘表白，总不能开口就说，“嫁给我吧，你跟我生的孩子一定漂亮”是一个道理。在不确定的环境下，相机总会给我稳定及可靠的感觉，我也会用经验让画面稳定，构图瞬间的完美是关键，至于其他的，我都会选择把控制权交还给相机。这样的情况下，照片传达出的情感一定是最饱满感人的。当然，你得相信你的情人是最好的。条件允许的情况下，你可以考虑换一个更好的情人。

旅行中抑或是生活中，你都会看到很多我出现在照片里的情况。这些照片有些出自我的朋友、友好的路人、导游，或者旅伴之手。还有大部分情况下，都是用快门遥控器自拍完成的。

拍摄的方式其实并不那么重要，记录自己走过的路、切实感受到自己与不同世界之间的联系、感受真实的存在——这是对于我的意义。还有一点尤为重要，在不同人的眼中，在不同心境、环境下，照片中我的样子能迅速唤起记忆，想起某些时刻、某些事。这些，跟拍照的技术已经没有什么关系了，我也从来不觉得这种方式是自恋，还是什么自我欣赏之类的。在这个过程中，照片是结果，故事留给自己。同时，酷爱被拍让我拍起别人来更加得心应手。

我非常爱拍姑娘，爱拍好姑娘，爱拍好看的姑娘。这个拗口的句式，其实是为了表达一个意思，每个姑娘都会透射出不同的美好：满眼爱意很美，平淡清冷很美，面无表情也很美。美是个人的角度，是很私人的事，但在照片里，却是具体的维度。这维度里所有细节的根源，便是自然。自然是灵魂里投射出来的东西，你只需要顺其自然地感受它，恰如其分地修饰它，这是

画面感的问题。当你捕捉到姑娘灵魂深处的美好时，光线、妆面、服装、环境，甚至拍摄者与被拍者之间的气场关系，此时都是既定的，我要做的，只是把它们还原出来。拍摄过程，倒成了某种任由摆布，我和被拍的姑娘都很享受这种被美好摆布的过程。照片的结果是这种美好凝固的瞬间。作为拍摄者的我，每次能够嗅到这种美好的时刻，也会被“美”这件事完全迷住。那一刻，除了美，我都无所谓。这样的摆拍，只是在还原过去或未来的某个美好时刻的可能性而已，我把它留在那一刻，记录下来罢了。

可能摄影本身也是私人的事情，像窥探、尝试、体会，每个人用到的力量和方法都不尽相同。按快门只是个动作，而我是在记录那些流过的情感、情绪，以及看到的美好。

ROLLEIFLEX

我只能为你拍一张照片

在拍照这件事情上，我似乎从未好好地打量过自己。有些人的拍摄一眼就能被断定出风格，抽象的、纪实的、商业的、艺术的、日系的、欧美的、小清新、重口味，或者别的什么标签和符号……让我想一想，我的确不能为我的拍摄界定一个很明确的概念：我时而觉得自己需要尝试一种像讲故事般叙述式的拍摄方法，时而试着运用更为温柔的图片处理，时而又单刀直入、不假思索任天时地利巧合地构成……如此种种，可以说，不确定正是我的特点。我还曾顺便把这种“不确定”叫作“胡来”。

我时常随时推翻、抛弃平日固有的拍法，因为我觉得生命和生活就应该是这样丰富多彩，只是有一点是非常明确的：我极其热爱人像的拍摄。这在我的旅行拍摄中的照片回放中尤其明显。

每到一个陌生的地方，我目光首先寻找的是那里的人。几乎从一下飞机开始，安检口处的边检员的长相和风度、出租司机的肤色、酒店行李生的微笑、小镇沿街拾荒的乞丐、商店门口孕妇的裙摆、冬天穿短裤的小孩、当地华人心理微妙异处的体现在脸面……种种这些，对我都有无比的吸引力，仿佛只要多看他们一眼，我便能了解这个地方多一点儿。我迫切想要看到他们的眼睛，急切想要打探

他们疾速出现在我眼前时的神色，我甚至想让他们开口！因而捕捉这些完全陌生的、与自己毫无干系的 strangers（陌生人）对我来说便变得有趣和必要，因为他们真实、唯一，他们真实地出现在我的视线范围内，只在彼时彼刻出现在我身边。我们之间谁也骗不了谁，谁也带不走谁。这些就像上天安排好的际遇一般，完全让我迫不及待地想将他们捕捉进我的镜头里。

湖泊那么蓝，空气那么清新，群山巍峨高耸，然而他为什么悲伤？夜凉如水，街上无比冷清，但她何以感到欢快？伴随千年庙宇、亘古河川的，难道只有遥远的传说？那些讲过故事的人呢？我们因何成群结队仰头远眺站立于此？你们和我一样是飞翔万里远道而来的吗？都是谁令你的家园变成今天这个样子？所有这些我好奇过的问题，都是和人有关的。这些人，我说不上是不是就是我那些问题的主人，但他们必定是有关系的。我感到非常幸运，

也很珍惜，我想把在那个土地上见到过的一切人物通通抓进我的相机里。

于是，你们看到：威尼斯桥上有扎了精致小辫子、身穿海军条纹衣的女孩儿的背影，伊斯坦布尔圣罗兰教堂内正做弥撒的妇女，急速奔驰于牛津校道的超短裤单车少女，布拉格小巷自家门前掏钥匙准备开门的老者，爱琴海邮船日落黄昏下全心阅读的男子，雨天里爱丁堡音乐节上打扮复古优雅的女王，苏黎世街头寒风彻骨下具有杀手气质的老伯，亚欧大桥下那对自拍困难的甜蜜情侣……

我和他们之间也许互相凝视过，还交谈过几句，他们中的某个人对我的口音，或别的什么也十分好奇，也许他们根本没发现我，也许我当时肉眼也没注意，回家洗照片后才看到……如此这般，太让我感到喜悦和兴奋了。这些啊，都是我旅行的收获，都是那个城市、那个地方、那个小镇、那条山脉、

那个湖泊、那段公路、那个国家公园、那个教堂留给我的最好的礼物。

就像这样，每一次，我反而不那么急于先去框住那些名胜古迹——中古世纪的建筑、雾中横跨的塔桥、“二战”纪念碑、某个短腿皇帝的宫邸，以证明我到此一游存在过的证据。世界是那么相同，相同到每个地方的人都是一个鼻子、两只眼睛，渴了要喝水、唇红齿白的就是美女；世界又是那么不同，不同到每个地方的人的的确确长得不一样，不相信我可以把照片拿出来给你对比！

……

“你好，我，今年 × 岁，我来自东方，嗯，有长城的那个地方。”

“我喜欢你的牙齿。”

“嘿，小宝贝！我真想跟你握一握手。”

“再见，也许我会再来看你的。”

我试图比画，甚而启齿，最后还是选择睁一只眼闭一只眼，举起了手中的照相机。

在一次旅程里，我只能为你拍一张照片，擦肩而过的偶遇只有一次，你甚至都不晓得当时自己的样子，但你那时候的漂亮模样会在我的硬盘里躺很久——久到我始终没有办法通知你。

这听起来多少有点儿伤悲，但的确，人海茫茫，你在远方，我只能为你拍一张照片。

TIPS

关于旅行中的摄影装备，我最常带的是一台数码和一台菲林机。数码相机过去我用 Canon5D，现在用 CanonIDSM3 和 Leica 的 M9。菲林机 120 的，我有 Rollei2.8F 以及 135 的 Nikon FM2。就我个人的经验，我习惯带 Canon 数码配一支 24-70mm 的变焦。定焦摄影虽有它的画质优势，但在旅行中，变焦比较能满足快速灵敏捕捉的需求，它让你不错过远近任何一个吸引到你的画面。我不大主张带很多镜头出门，一来因为女性个头不大，拎太重的东西不方便行走，也容易弄丢，其实根本很少有让你想拍时突然要换镜头的时候，很多画面不容你多做犹豫，就一闪而过了。菲林机我时常带 FM2，一来 36 的张数比较适合携带，不需要像 120 卷，12 张就又要开机上卷耽搁时间，另外 FM2 有个非常简单的对焦方式，操作极其便利，成像效果也非常适合旅

途拍摄。菲林要提前准备，我不习惯带太多，基本两天一个卷，比如我待 20 天准备 10 卷左右就够了。出门在外，轻松安全是首要，我时常见到一些驴友背着大背包，里面装满了各式机身和镜头，手里还举个小白 IS，老远过来好像是卖器材的，看着就头大。其实亲爱的，你手里已有的相机就是你最好的伙伴，它在同类产品中的排名并不太重要，重要的是相机后面的人，即使是小数码，拍之前也要多构思，不要急于摁下。另外，拍摄人像有几点很重要：不是所有人都愿意让你拍的，最好不要惊动对方，万一被发现而对方又有反感之意，你必须报以微笑道歉。尽量近距离拍摄，我是很喜欢凑到人家鼻子跟前去的，虽然有点儿不礼貌，但是我会提前跟对方打个招呼，用微笑和对话让对方轻松。

有关拍照

一

关于拍照，我依然没有所谓的风格。很多人问我，你是怎么拍照调色的，其实我真的回答不上来，每张照片都有各自的灵魂与气质，我绝不用单一的手段去处理它们，而一些照片仅仅是原图就很好看了。然而，明白这些的人实在太少。有人总在研究我的P图方法，早在POCO的时候，就有人自作聪明地把我的风格归结为“低饱和”“加暗角”等，实在是自作聪明。事实证明，我还不太需要自己的风格，我要做的就是去探索，探索。说这些其实也不是标榜自己怎么样，而是觉得，摄影这件事，即使像我这样随心而拍不是用来讨生活的，也是走不得半点儿捷径的。我是说，这一切的一切，形成在你身上的所谓的风格或别的什么，真的只有你自己踏踏实实一点点地去自我发现才行。

我是说，与其花时间来打量我的图，倒不如多花时间去反思，为什么不能通过自己的视角去挖掘和捕捉？

我之所以这么说，并不是把自己放在一个什么样的高度去跟什么人讲话，我一点儿资格也没有。

也许更多的是期望自我的勉励、自我的振奋与鞭策、自我的寻找与发现。

与过去相比，我现在更趋向于记录自己，趋向于置身不同环境时自我的对镜凝视。因此，有时候拍姑娘时，也难免塑造成另外一个自己。这是很习惯性的一个行为，通过别人来更加认识自己，这件事情太有趣了。

另一方面，因为拍照，我认识了许多有趣的人，他们当中有些未必能拍好看的照片，但是他们可爱得要命，他们给我的生活带来了真实快乐的元气，从他们身上，我获得了许多比拍照更有支撑和力量的乐趣。这些人虽然有些不在我身边了，有些再不联系了，他们即使平凡但曾经真的影响过我。我希望在我的每张照片中都能有美好的影子，你还记得一起开心说笑、拥抱哭泣的我吗？让他们去跟曾经的他们说话吧。

因为你知道，它们无论形状还是传达的气味，都比我本身在这个世界存在得更久、更久。

二

我也时常收到一些质疑。

事实也是，我把很多个爱笑的甜美姑娘拍成了没有表情的一个人。

有个姑娘很爱笑，没见她之前看过她的一些照片都是笑得很明媚的。

这当然很好。但我这次把她拍成了一个没有表情的人。

只是，我为何爱拍不笑的照片呢？

我遇见过许多人，他们左右逢源、笑里藏刀，笑也并不是因为快乐着。

然而我呢？我不感动你，也不诱惑你，随便你。在我看来，没有表情的脸，才是好的，因为它更像一张透明的纸，深谙黑与白的界限。它至少代表一种诚恳。但是对这个世界来说，诚恳又算得了什么？不过，我想把这种东西留给我自己。许久以来，我都固执地以为，笑是要留给面对面那个人的，那种真诚以对的直面，只留给就在我面前呼吸同一密度空气的那个人。

这大概也是许多人说见到我真人觉得我很 nice（亲切），并不像照片那般冷淡的缘故。

曾经他跟我说，你要多笑，你笑起来太好看。于是，我当了真，只在他的面前笑，还有我觉得在我必须认真对待的朋友、亲人的面前，我也会笑。

我觉得那种能被对方触摸的笑才是珍贵的。

你当然可以任意喷我。我依然保持照片里没有表情的频率，不管是我拍别人，还是别人拍我。因为，我知道我跟对方 face to face（面对面）的时候，我们彼此的笑，是那么动人又真实。我会因此记住那段时光。

谢谢你们啊，质疑我、讨厌我的人。我不是你们想象中的那么完美，我的破碎比你见到的还要多。

只是，我会把我最真实和最温暖的笑和诚实，留给值得我如此对待的人。

1940s

我只能为你阅读一本书

我十分喜爱的意大利作家伊塔洛·卡尔维诺（Italo Calvino）曾说，飞行是旅行的对立面：你穿过空气稀薄的空间，消失在真空中；你承认在一定时间之内不置身于任何地方，这段时间也是时间中的空白；然后你又出现在另外一个地方，那里的时间与空间和你出发地的时间与空间没有联系。如何度过世界没有你、你没有世界的这段时间？他选择把这段时间用来看书。把注意力集中到书本上，书里提到的各种名称也使你相信，你的思想现在正飞越什么，而不是飞越真空。

这当然十分地美好。然而生活中，我们真正身处长途机舱看到的，多数是这样：开始时大部分人还不睡觉，年轻人正襟危坐摊开 iPad、iPod 和一些简易型的笔记本，置于双腿之上或者座位前的小桌板，又或干脆把它们斜插在前排后背的布袋上，开始看三四个月前影院热播卖座的电影、玩扑克或者某射击游戏，安静的女孩儿则戴着耳机听音乐。经常有年纪稍大的阿姨大婶们，她们更加酷爱聚集起来大声地交谈，她们一般是那种街坊、朋友、邻居、老相好什么的，约好一堆就报名参团旅游了。碰到这种邻座最头疼，你要忍受那些音量硕大的、丝毫没有信息含量的对话内容，她们往往热衷于对比各自为此次旅行新买的 Adidas 旅游鞋，情动处甚至会抬脚脱下让同伴亲验鉴定，彼此交流风油精涂在哪个部位最祛风，上一次共同旅行的餐标，展示数码小卡片里的风光照、防身用的现金塞在了哪只袜子还是内衣里……总之，你看得出她们是真正的旅者：准备充分、考虑周到、向往美好、热衷分享，并且旁若无人、百无禁忌（虽然你脑袋已上演过无数次冲上前去、推倒她们、把她们反手绑在座椅靠背、用纸团塞住她们的嘴、抽她们的脸等一系列的内心戏。一些不太健康的心理比方鄙视、愤怒、羡慕或将油然而生）。相比之下，你低头瞥见自己的豆豆鞋，联想到悬挂于头顶简陋的行囊，以及落在房间洗手台的洗面奶，顿觉黯然失色、体无完肤败下阵来。还有一些大叔，他们本来也不算让人讨厌，但当全世界都安静下来的时候，你很快会在人群（姑且把一切飞行中和你同行的旅客都叫作人群吧）中精准找出正在打呼噜的那位大叔确切的座位。我是说，我们的同胞在飞行时间阅读的的确很少很少。除非是什么一眼就能看出来的商务人员、知识分子、待考官员政要（偷笑），或者像我这种时刻怀揣文艺少女心、旅行时名正言顺地给自己阅读机会的人。

然而，我有几次飞行中的确看到过那种特别受感染的阅读。有一回白天在卡加利飞往温哥华的国内航班上，我旁边是一位五十出头的加拿大人，我坐靠窗的位置，他的座位靠走道。因为是两座一排的小飞机，这让我在狭窄的空间所能顾及的范围极其有限：我除了偷偷观察他，几乎没别的事可以做。我注意到他自整理好座位一坐下来便掏出一本挺厚的书，他的手指细长而干净，没有一点儿皱纹，他用左手搭在书的一边，另一手托着腮部。他的神情是自然的，几乎可以说是没有表情的，我很难通过他的神情猜测出那本书的内容，但是一定非常吸引他。透过眼角的余光，我感觉到他只在那个32开本范围内移动的目光，以及书页被翻过时轻微的声音。于他而言，我及机上其他人员，似乎根本不曾存在，他的空间只有他的思想与那书并驾齐驱地飞翔。最后直到飞机降落，乘客揭开安全带，他才把书装起来。这时，我对书的内容已不再好奇，我也再未感叹天空为什么这么蓝，整个旅程，我从揣摩他到揣摩那本书，揣摩那本书接下来的命运和处置，声色不动、安静且有劲，如沐春风里，我似乎也享受到了一次愉悦的阅读洗礼。

哎，这真是个十分美好的邻座啊！

TIPS

虽说书籍和音乐是我生活中难以离开的伴侣，但旅行途中，我很少带书阅读，也极少听音乐。打发长途舟车机舱内的无聊时光，我要么睡觉，要么闭目养神。脑袋可没闲着，它在漫游，我热爱在这些时候回忆、想象、忏悔以及做一些计划。有些女明星或美肤达人什么的，喜欢这时在机舱做面膜，我极少这么干，觉得敷面膜和上洗手间、穿文胸、挖鼻孔、掏耳朵一样是极其私人的事情，若要在公共场合旁若无人地执行，始终不那么习惯。但我可以素颜、披头散发、穿着随便。解决长途机上的皮肤干燥问题，我的方法就是多喝水，随身带一支L’OCCITANE 50ml 的玫瑰水喷雾，塑料瓶身轻便小巧，50ml 能过安检，也刚好足够一次旅程来回喷完的量。长途飞机其实非常消耗体力和精力，狭窄的空间不宜久坐，要多在过道行走，伸展四肢。保持足够的睡眠对我来说太重要了，因为只要休息不好，眼睛和神态必然显得疲惫，拍照不好看，对陌生地方和人的向往和好奇也会大打折扣。每一次下飞机前，我都希望自己像周日上午刚刚睡醒那样以饱满的状态奔赴首个目的地。

许多人出行时会带上当地的攻略、孤独星球啊什么的，厚厚一大本，必要时翻上那么几页，那样看起来的确是很酷，但这类书我一般都在动身之前就已阅读完，胸有成竹轻松地出发是我习惯的方式。如果一定要阅读，我会带一本可以反复阅读的当地作家的诗作，既能轻松阅读，又能感受身临其境的诗意熏陶。不过，也会有人认为这样很装，本来嘛，旅途中带书阅读之举本身就很装了。至于听音乐，那完全是个人的口味与喜好问题了，我独自旅行的时候基本不戴耳机听歌，因为担心自己睡过头，或者担心耳塞的声音掩盖了真实世界的声音，担心错过倾听大自然的机会。戴耳机开很大的声音让自己完全沉浸在音乐中的确是种很美妙的方式，但要警惕意外的发生，比方说过马路就一定不要戴耳机听音乐，有些汽车喇叭和口哨声一定要注意到，否则会造成意外，给旅途增添不必要的麻烦。

一次旅途中，我只能为你阅读一本书，封面是蓝天，封底是草原。

带着真挚去旅行

如何成为一个受欢迎的人

无论是有旅伴的出游，还是独自出发，对我来说，旅行是我获得新知的重要发源地，也是我抽离原地生活、快速体验这个世界其他生活方式的宝贵阅历。因而，安全、愉悦和身心有收获才是旅行的目的。

毫无疑问，我们在旅途中所要寻找的一定不是欺诈、丑陋、粗鄙和恐怖的奇遇，谁都想让自己成为一个受欢迎的姑娘，谁都想在陌生的地方被真诚和友好地相待。旅途中，说到底还是离不开与人

的相处，但是这种相处与你之前所在的固有的、你再熟悉不过的、一成不变的生活不同，你将更大范围、更高频率地接触到不同领域的陌生人。这些你之前丝毫不了解的，甚至一辈子只会见上几秒的陌生人，对方出现在你面前的模样，其实间接决定了你这次旅行的身心愉悦度。

我觉得作为一个女性，最重要的是要独立，懂得自尊自爱。无论是心理、精神抑或在人格上，始终要觉得自己是一个个体，凡事先考虑着自己解决，有自己的主见和想法，在生活上如此，在旅途上更是。自己能做的事情尽量自己做，不要觉得自己有个女性的身份别人就要让你、帮你，他们都没有义务的，即使是相约同去的亲密亲友。如果有人愿意帮你，你应该觉得感激和幸运，应该想办法在对方需要的时候给予相应的帮助，拥有了共同的、互助

关系的旅途，身心必定轻松愉悦。别太过计较微不足道的得失，能背的包尽量自己背，能自己爬的陡坡尽量自己爬，少给同行的人增添麻烦，因为对方也有自己的行李，也要爬同样的坡。

有了独立和自尊自强的前提后你会发现，很多时候，我们的内心深处其实都是渴望去帮助别人的。这并不是为了展示自己的优越感，而是你会觉得自己可以不花费一分钱，而给别人带来愉悦的感受，并且可以面对报以微笑和感激的面庞。而这种愉悦，往往能陪伴你走很远。但是这种热心一定要以安全为重，也要注意提防和识别他人，因为即使跳离了你原有的生活环境，也并不是所有人都会以诚相待的，外面的世界有时也险恶。

除此以外，女性在旅途中的衣着打扮也十分重要。我是一个十分随性的

人，平时几乎不化妆，从发型、妆容到衣着，崇尚自然、舒服的状态。但我十分爱美，到了旅行的时候，会极其注意自己的仪表。女孩子出门在外，不管是单身还是结伴而行，都应以安全、健康、美观为首要，切忌太暴露、夸张和累赘的打扮，要根据旅行地的天气情况结合自身条件，善于搭配简洁行装。一般来说，旅行一定会拍照，因而我们都要选择一些色彩鲜艳的服饰，那些生活中看起来质感与剪裁非常好的黑、灰、棕、褐等上等料子的服装，并不适合旅行时穿。但我极其不喜欢那些很正式的运动衫、脚踏跑鞋之类的运动装，那样给人的感觉过于死板，亦有刻意的嫌疑，我们现在真正走在路上，极少需要那些快干材料、人体工学类设计的产品，当然去西藏、南极什么的爬山探险类活动除外。我的意思是，我喜欢在旅途中适当地修饰自己的仪容，体验平日里少有的打扮，把自己穿得好看和舒服，让自己成为异地美丽风景

里的一笔点缀。我喜欢这样。

敞开自己的心扉，放下平日现实生活中因各种角色的关系而扭曲、冷漠、麻木的面孔，保持平和开放的心态，时常微笑着去对待旅途中遇见的形形色色的人。许多人跟我说自己不好意思和陌生人眼神对视，更不要说那么近距离地拍摄他们。我时常面带微笑地对待每一个与我对视的陌生人，老人、小孩、帅哥、美女，甚至乞丐、警察，微笑是全世界通用的语言，它传递的不仅仅是你的善意和自身面相最柔美的一面，更是一种获得对方接纳和开启沟通之门的有效手段。这个方法对我几乎可说屡试不爽，对人微笑，传递出去的信息就是温暖、亲切和美好，对方往往很容易被这种完全陌生，但又突如其来的清冽所感染，人与人之间的距离一下子就拉近了。而且，这一切愉悦的回

HOTEL
PEREGRIN

报一分钱都不用花。

那些旅途上遇见的人，也许真的是一辈子只见上几秒就再也不会见面了，我们留在彼此记忆中的样子永远都是面对面遇见时的样子，就像歌里唱的“只是因为在人群中多看你一眼”。

永远要记住：旅行不是关于在外地看到什么风光、品尝到什么美味佳肴、消费了什么纪念品，不是你佩戴了什么行头的行李，不是花费了多少假期和金钱，不是你拍回了多少张漂亮的照片，不是追逐飞行公里数及护照本上的印章页；旅行其实是关于你在什么样的年纪站在哪里，遇见过什么样的人，你的感觉、想法，你关心和发现的新东西，你和别人的生活方式、观念的排列，你和你未知的那个世界的对话、你和自己内心的发问。所有这些，需要我们带着真挚去寻找，不管是旅途和人生，收获一定会很多。

CHAPTER4

眼前这一切，足够好

花掉的时间从不浪费，走过的路却不是每次都清晰明确。去到很多地方，有很多选择，如你周遭的任何事一般，令人烦恼。这就是生活的厉害之处，总叫人猝不及防，毫无防备地一次次去应对。隐忍只是学习的开始，你会逐渐明白，生活要选择方式——选择平淡的方式。

眼睛能记住的及脑海里浮现出的都可能被曲解，我们就是如此地健忘，谁都无法自己把美好描摹恰当，谁都平凡。而用什么去记录，只是方式不同。有人画速写，有人迷恋将心情写成歌，我就拿起相机照相。去成为故乡的远方，去认识熟悉的街头巷尾，去有爱的陌生地方看遍风景。听起来好迷人，但瞬间易逝，迷恋又如何？

旅行的方式，也是如此，相机在身边总是安全的。打开背包就是开始，收起镜头也一样会满足。贴身包里的相机和储存卡，已构成情感和记忆中的一切。我不会太过关注照片的完成，那一秒后除了满足，就是遗憾。倒是那些熟悉的东西：背包里的相机，重复的动作，好的坏的习惯。很自然，都随它。

朋友说过一句玩笑话，“一把牙刷走天涯”，不无道理。越是走得多，心也自然谦卑了许多。化繁为简没错，却不必太在意看过的，也没有努力去让自己变得清淡圆融。背包、相机、坏习惯，生活中每一个熟悉或新鲜的操作界面，眼前这一切，就已足够好。

路遇爱情

人在自己习惯的环境中待久了，会自然而然地对一些事情麻木。一些本来是生活中细小的点滴美好，会因活着的生硬、重复而被日渐忽略，比如每天经过的那棵英雄树开出的红艳艳的英雄花，路人竟然连抬头观看的欲望都没有。这种麻木是可怕的，这种可怕比那棵英雄树永远不再开花还可怕。

在电影院看午夜场，依然看到成双成对的年轻人，有人虽然买挨在一块儿的座位，但是女孩儿整场连看都不想看一眼身边的男伴儿，走路也是一前一后，男人还屁颠儿屁颠儿地跟随其后，拿包、赔笑、买饮料；有人则走路都把对方抱得紧紧的不停地亲对方；有的一看就是刚认识勾搭上的组合，不般配的年纪，奇怪的不默契，女孩儿手里居然还捧了花束，或者玩具熊……所有这些，你都已经看腻。很多个瞬间，你都不得不低头，这就是人生吗？这就是爱情吗？这就是我们每天追求的活着吗？

而在彼地。有海的城市、有着一望无际金黄色麦田的乡村、开满象征春季和永恒鲜花的国度、冰天雪地的丛林里，依然可以频繁地看见无声的拥抱与凝视，或者默默相牵的手，互相搀扶的迈步。我完全没有理由对这些画面产生怀疑。

爱是什么？这样明知道无标准答案的发问，我却从童年到少年，直到现今逐渐长大、变老的人生过程中一直在默默地寻找答案。多数时候，我们都不知道我们的将来到底会怎样，我们真正得到过的，往往都在那寻找的过程里。我以及我们真正爱着了，才会如此迷恋爱着时候的感觉，以至于换了对象、换了时间、换了空间、换了情节、换了氛围、换了背景、换了方式……而全然不觉，还全然呆站着驻足细看。我就是这样的。但是当那些熟悉或陌生的眼神和话语，还有如同自己影子般的别人在面前演绎这些的时候，我在一秒内就认出并抓住了它——这就是爱。

那么多人歌颂爱、寻找爱，既而谴责爱、鄙夷爱，那是因为爱里的酸甜苦辣就像是一道道销魂的菜，尝过便忘记不了了。我们喜欢爱着时的简单感觉，一直以为，不必多思考的直观感受带来的愉悦一定是人世间的美好和恩赐。那么，不管是在这里，还是那里，享受这感觉吧，不要去打听所有关于爱的结局。

很长一段时间，我一直认为使人默默流泪的，方能称之为爱。我说不清楚这是怎样一种状况。打个比方，我深深爱着我的父母，但和他们住在一起时，我们之间却总是难以平静相处，彼此间会频繁地轻易为小事争吵、计较，没办法看着对方的眼睛平静地说出“我爱你”，哪怕眼前的是自己的亲生父母。然而一旦离开，独处时想起一些事情，眼泪便一滴滴落下，恨不得瞬间变小蜷缩回他们的怀抱。是的，任何嵌入心髓的爱都让我流泪。

• 除了回忆，我什么都不怕

——“你挺贫的。”

——“知道我为啥这么平不？”

——“不知道。”

——“非洲有个‘熨胸’习俗。在喀麦隆，母亲用火把石块烧红，把少女的胸部熨平，目的是减低她们的吸引力，防止她们被强暴。”

——“……你敢不敢再贫一点儿啊？！”

——“我是个平凡姑娘。”

• 女人一生都要在恋爱

撒娇到令路人侧目冷战；泪流至掩鼻面目模糊。

女人在穿衣镜前顾影自怜，抑或在闺密面前矫情、暗自火拼，

都不及在一个她喜欢的男人面前——那样的

自如，纯粹，放肆，无添加，零智慧，不知羞耻。

不过，看起来我们都不关心结局。

• 翡冷翠一夜

那是关乎床单、马桶、镜子、午夜的故事。

也许那也只是一个人的故事。

同时，它是那么自我发现、自我陶醉、自我暗示、自我塑造、

自我否定与自我盘旋的过程。

- 美好的事情大抵是由蜜糖、欢笑、阳光、雨露、拥抱、午夜简信、牵着的双手，还有看得见模样的未来……组成。
  其实有时，美好还包括眼泪、沉默、不安、彷徨、三分钟追悔、没有结果的等待、未实现的诺言，最最漫长的黑夜。
  以及，在别人的故事里，流下自己的眼泪。

- 一问：我为何生长于这世间，犹如无垠沙海中的一粒沙子？
  一答：为了遇见和紧靠另一粒沙子。

- 直到我一个人走在异国的风景里，才深觉：
  布拉格的红，土耳其的蓝，圣托里尼的白，那不勒斯的黄，
  普罗旺斯天然的紫；
  硫森的日落，美瑛的草香，梵蒂冈的南瓜人，
  都不及你在身边时的斑斓。
  没有了你天地都是浪费。
  大概，一部熟悉功能的相机和一个喜欢着的人，
  是路上最好的伴侣。

- 想 Ta 的时候就睡觉。
  “让我躺在那上面吧。”
  只有睡着才能停止回忆。
  爱一个人时，就要和 Ta 一起睡觉。
  呼吸不会骗人，体温不会骗人，睡着的表情不会骗人，四肢的朝向不会骗人，夜尿不会骗人，梦话不会骗人，脊背的弯曲不会骗人，呼噜不会骗人，洗干净的脸蛋不会骗人，身体的味道不会骗人，半醒时说的那句“我爱你”不会骗人。
  光着膀子睡觉，摘掉眼镜睡觉，把电话关掉睡觉，把白天收拾得光鲜的衣服脱掉，把腿缠绕在 Ta 身上睡觉，在额头上印上吻痕睡觉，拇指和食指在 Ta 耳垂上使劲揉搓着睡觉。
  爱着你时，我就只想和你睡觉。

- 只有深深爱过的人才有资格说“他妈的”。

- 我是自己的主人，坐在迷幻梦境的桥上
金色日光照射的黄昏，牵动着我不安的内心
我曾稚气稚气地以为，我会发现世上不灭的永恒
难道这是天真的狂想？我却为它付出了所有的感动

我们都拥有一个不平凡的人生
谁也不会忘彼此曾经流过的泪
还有那些狂热那些无助让人迷乱让人迷乱

所有的爱已随风而去
发现你的心是一条河
躺在这大地清澈无语呜
所有丢失过的爱已随心而去
发现每个人都是一棵树站在这大地青翠挺拔

我是自己的主人，坐在迷幻梦境的椅上
当我沉浸在这奇异风景里，发现人生就是梦的片断组合
不要再打乱实现它的可能，让那为爱悸动的心正常地跳动
所有心酸、愤怒全都会消失，你会拥有一个美丽的人生

我们都拥有一个不平凡的人生
谁也不会忘彼此曾经流过的泪
还有那些狂热那些无助让人迷乱让人迷乱
我会开拓出明亮的一片天地，不愿让人喝彩
只想把你赞深深地赞哦
所有尝过的欢乐我会重温一遍
牵着你的双手你的温暖让我闪烁让我闪烁
所有尝过的欢乐我会重温一遍
牵着你的双手你的温暖让我闪烁、让我闪烁

——张浅潜《旅者》

初冬，在陌生的彼城，依然看见许多为了取暖，或者为了亲密，或者为了习惯而当街拥抱的恋人。

他们就在我半米以外的身边，我仿佛能感觉到自己的衣衫被温柔或粗暴地揉扯、继而又恢复正常的褶皱。

而另外一些人，即使在爱里仍觉得孤独。

当我合上没有写完的记事本，倒掉杯里剩下的残茶，爬进凌乱不堪的被窝，默默地心想：所有尝过的欢乐我会重温一遍。

四海为家，“为”是念第二声，还是第四声呢？

我已经不是那个哭泣着哭泣着，便嚷嚷着“我要成长”的孩子。

也是在这时候，我才意识到：

未来，

不管这城还是那城，

我再也遇不到一个人像你。

- 戴眼镜是为了看清楚

  看真切了又慌乱地摘下

  世界如同幻境

  但我碰触过真诚得发烫的身体并且深谙

  你嘴角微笑的弧度

  毕竟都渴望来自故事的末端

  开始前便做好了束手的准备。

  对于未来，我担心的是老了会不会有胃癌或者乳腺癌

  还有迟早要来的世界末日

  但这个世界你和我爱过了

  你是从天而降的暴雨

  你是破土而出的春笋

  你是永不断电的收音机

  你是航空路上的清晨、日落、黄昏、深夜和白昼

  你是我爱的人里边最爱的一个。

- 三月六日天气晴

许多痘痘分布在我的脸上
每吃一口辣的就长一颗
然而我决定照顾它
第二天，阳台上的昙花开了
开了
迅即凋零
在鼻子上
比爱情短
比昙花长

- 距离
  究竟是
  一种长度、宽度
  还是高度？
  你看我时
  无色透明
  我这里
  却盛开
  浓稠的
  黑暗
  在一本字典里
  查询
  “誓言”
  先翻到的是
  “食言”

- 是不是有一天，我会把以前的一些事情都忘记了？

  一些不算太久但当时觉得很重要的事，我还试图用日记或者音乐来点缀那些时光，让它们在我年轻的生命中，不那么单薄和空洞。而且，那些时候的天空并不总是那么蓝。

  渐渐地，旷野袭来的风并没有把我怎么样。但那把日记本上的钥匙和那个音乐盒子的的确确被莫名其妙地弄丢了。

  最后，有熟悉的面孔和味道慢慢模糊起来。像无名的风吹开了一朵朵纠结的云。谁也不曾注意到，就散了。

  我相信我在他们的脑袋里也是那样的。

  只是，又有新的歌手哼了好听的歌在我的 iPod 里使劲地循环。

  从此，我了无生趣，你再无下落。

  回想至此，顿觉空气逼仄悲伤，我宁愿从前那是一场空白。

A

看到一句话：“最安全的是和自己厮守。”

乍听之下好像很在理，可是说这句话的起因必定是很没有安全感。

就只怕，背叛的人，是你自己。

B

黄昏的气息里，深深地充满了别离的情绪。

C

过安检的时候海关工作人员要求我把相机从包里拿出来给他看看。

我拿出来了。

“老相机啊？”

“嗯。”

他还想继续问点儿什么的时候，前面的工作人员就催他了。

想了想，还是觉得很好笑。

D

好几次我失信于人了。

内心其实是惶恐不安的。

E

7 月结束了。嘿，那些关于夏天的浪漫记忆呀。

F

展开一页。

“我曾以百种形象在百回时间中爱过你，从这代到那代，从今生到来生。”

G

又做了考试的梦。自打大学毕业后，我已经无数次做这样的梦了。梦里焦灼得要死了，我还找同桌作弊，可是这回的同桌一点儿也不够意思。

三面卷子我只做了三四道题，其他都是空白的，铃声响了。

我都快哭醒了。

H

time to time.

- **逆流顺流**

奶牛呀
一步一晃
恰如身后农夫
两桶奶在手

——*Walking With The Wind*，Abbas Kiarostami

2008年，在我第一次去法国的时候，我在香港机场的外文书店偶然买下一本伊朗电影导演和图片摄影师阿巴斯·基阿鲁斯达米（Abbas Kiarostami）的诗集《随风而行》（*Walking with the Wind*）。在此之前，我只知道他的电影《橄榄树下的情人》（*Through the Olive Trees*）。他说，电影或者图片摄影并不是总能捕捉到生命中短暂但重要的瞬间，这是确定无疑的。而一段文字，却可以有效地见证精确、珍贵然而转瞬即逝的瞬间，并且极富表现力。这样的瞬间，任何一种照相机都留不住。

因为太喜欢他的诗了，因此在法国旅行的车上、机舱和排队的间隙里，我都在想着他的诗句，感受那种文字带来的视觉与感觉上的愉悦。我非常喜欢他这种兴致勃勃地观察世界，对生活赋予诗意的捕捉，他的短句略带幽默和悲伤，却都充满了智慧，也许是想把这个动人的世界看得更加清晰和全面。我希望自己能像他那样运用自己的内心感知对这个世界的爱。这些诗句就像“漫长暗夜中的闪电”，在巴黎回香港的飞机上，我甚至就写下了这些。

恋上这一季

迷恋赤脚踏在青草上的松软
迷恋水珠滴到头皮的温度
迷恋红霞映射玻璃的大笑
迷恋午后的光把影子拉得很长很长
迷恋推开的窗把棂角弄得嘎吱嘎吱响

和鸟谈心
共同分享季节的美酒
或手中紧握的盘缠
天使关怀某些
花瓣的下落

听风的狂暴心跳
青春渗入缝隙
笑颜和裙角在墙上干杯
歌声同晴朗飞扬

这一季的美景
以及某个苹果的辉煌
全印在年轻的脸庞上

• 路过深秋

我立在那儿，
我和我的屏息立在那儿。

为了擦拭果实，
为了鲜与甜美，
为了看见你走过。

为了同吃心形的蛋糕，
为了失色之前的对视。

你躺在那儿，
你和你的影子躺在那儿。

为了掀开黄叶，
为了等待收获，
为了离开的悬念。

为了最初遇见的心跳，
为了碎念满地的路过。

• 继续胡来

偶然与所在的城市屏息凝视
眼看在眼里
影叠在影中
床单很白
城市很脏
唯有胡来可以制止胡来
唯有神奇能够交换神奇

除了靠近过来紧紧地拥抱
没有更坏的主意

你继续沉默
我继续胡来

• 那些关闭的

那些关闭的
以及另外一些半掩的
是为了重逢
还是为了阻断相遇

无人考究
开启和闭锁的难度系数

里头的人是否出来
外面的人是否犹豫着急进去

原谅你
和你的若无其事
只好羡慕铁的冰冷和坚硬

我欠你的敲击
你未还我的钥匙
统统留给
另一座城市

• 这些年来

你尽管妖娆，你尽管败坏，你尽管撒娇。
滂沱大雨尽管往你身上浇，烈日骄阳尽管朝你皮肤灼。
故事的开始总是需要一些柔软被点缀，
鸟语或者花香，低吟或者娇喘，一片落叶和半启的窗。

然后要看许多新浪潮的电影，小众的人生特别需要反复地解释。
或者喝一点儿低糖的咖啡，是为了和此生难得一遇的影子干杯。

然后躺在单人床上很长很长的时间，
换很多很多突发奇想的姿势，发许多许多韶华易逝的感慨。
或者回忆春心萌动的那几年，
你把疯狂的事情都干尽，却还没找到与你分享碎片的那个人。

然而总是会有插翅难飞的顾虑，
于是把灯灭了，盖上被子如同盖上灵魂和身体。
黑暗中只剩下空洞和我们了。
另外一些时候，你看楼下的行人迈着前程堪忧、不值一提的步伐，
公园里的恋人又都总盲目地在彼此欣赏的目光下动手又动脚。
“他们确实是很另类和我们不一样。”你这时安慰我说。

你说，这是没有对准生活的焦点，细节偶尔被放大，但模糊不清。
你还说，也许也不是。
你在空中举了个照相的手势。
我笑得咯咯响，我说：“请你先揭开镜头盖，谢谢。”

我真是很喜欢这样。

CHAPTER5
杂的文

诗歌美学与流浪精神

专栏与演讲

诗歌美学与流浪精神

非东

非西

非北

非南

我正在此

——《随风而行》阿巴斯

阿巴斯是我很喜欢的一位伊朗导演，同时也是诗人和摄影师。他的诗句中描述了一位旅者多年的心态，就是如风一般的性情。今天这样的性情被描述为：说走就走的旅行。《罗马假日》里还有一句话：要么读书，要么旅行，身体与灵魂，总有一个在路上。当这句话被断章取义为：身体与灵魂，总有一个在路上，听起来好像就不是那么回事了。是的，诗意是个很奇妙的东西，就在张弛间无从增减。

我看待诗意传达出来的美是平缓、冷静、质朴的。而生活里的一切都是通过这样的美丽细节在无聊中反复地点醒我们。一切不必精心布置，捕捉和感受细节的能力让我学习到摄影的一些道理，路上的每一步都美丽且有力。

这是一些描述街头摄影或者叫作扫街的话，下面要跟大家分享的是我的一些扫街相片，跟今天的主题有关。这些旅行里的故事和细腻，我只会用简单的语言表述给你，因为照片自己会说话。

照相机是一种如此平等的工具，也是传达诗意最好的方式，瞬间即永恒。情绪与情感中不自觉地流露是无法掩饰的，这就是人类情感中最为敏感的东西。无论悲伤还是喜悦都被定格，一切可被表达的情感都是完美的叙事。那么，美好本身便不是用纯粹的古典美来界定，所以真实是多么重要和直击人心。所谓“流浪精神”也就是此间的眼光和影响，我们在观察、记录，随着时间，将自我的看法传达给未看到这样画面的人，这也是对我旅途最好的描述方式。

听起来有些抽象，我们先聊一下女孩子照相时都会常做的动作——自拍。自从人类发明了一款伟大的 APP 叫作美图秀秀以后，自拍照片几乎刷爆朋友圈。其实不必去抨击它，往前翻翻历史，梵·高如此自我的人，也是热爱自拍的，他当时靠的是画笔。当然，也有最原始版本的美图秀秀——宫廷画师造就了那些比例完美的帝王相，他们就是第一代美图秀秀，今天的叫法是 Demo 版。所以自拍本身并无对错，只是要提高一下自拍的技术，并不是技术重要，我是说，要把自己拍美并被震撼到，其实是个脑力活儿。我说说我的方式：放好相机，留下我和自然或旅途的合影。这些照片有意思的地方在于，有些需要用心等待一个时机，有些完全需要路人帮忙，我毫不在意，即使同一个地方拍同样的自拍动作都是有意义的。试想一下，不同的照片在不同的年纪留下一系列的自己，那是多么有意思的事情。好吧，听起来有些傲慢，不过真的是有一些震撼的，看看我的自拍照片，我如何看待自己，这些都在这些照片里。

这就是我对自拍的一些分享，所有的想法简单而真实。某天我意识到，自拍并非不是一个审美的过程，即使最普通的大头照，放到 20 年后，它被再次找出来，那些岁月的变化，本身就是一个完美的过程。如果你有更多的地标作为故事的链接，这本身就是一个不错的流浪故事，只不过一切去处，都是时间本身。那么，请珍惜你

身边每个正在自拍的人。

还是得回到一些严肃的部分。看待周遭与看待自我，在这两个层面之外，便是如何去创造好的作品。

我的专长是人像，于是有人说我是个人像摄影师，此时如果我拿出一堆拍得不错的风景和扫街，以此证明我是个摄影师，这样的行为已经弱爆了。到了创作这个层面，诗意与流浪精神便是巅峰状态。我习惯的创作方法也是如此，挑选一个女孩，与我的气场最为融合，漂亮真的不是第一要素。我在乎拍摄前的沟通，迅速地一致，找到共同喜爱的部分、想去拍摄的地方。在这样的步骤完成后，我的画面其实已经完成，按快门布景只是一个动作而已。此时，我会更加挑剔地去思考符合脑海中每一个可能性，就像诗歌，此时的

描述是在风中的人和时光的关系，而非在风中的人与时，那种意境描摹的差异，是强烈且不可接受的。此时，我更愿意一路狂奔，带着模特驱车赶往那个地方，也许在途中，也许在终点，结果不是那么重要，找到诗歌的韵律和完成整个过程的意义，变成唯一要做的事。这是我拍作品的态度，多说无宜，作品说话。

以上是我对照片的一些理解，记录一切，韵律、感受、过程终会替代你的相机，于是才会有好片（拍的照片真的好）和糖水（是只讲摄影技术不抓情感的人拍出的片子，视觉感受良好，心理感受平淡，无法打动人）之分。

——选自 2014 年在北京大学的摄影讲座

专栏与演讲

我的 2012

对于一个既不是名人政要，也不是奇人异客的普通女子来说，在公共场合大谈诸如“我的 2012”一类的话题，简直犹如一日结束临睡前，你迫不及待地掏出一支笔，在微博、推特、脸书，或是别的什么公共平台上洋洋洒洒地写下：今晨 6 点起床，刷牙时牙龈出了点儿血。早餐在巷尾小店吃的，完了忘记付钱的情况挺囧的。不过，幸好没碰上熟人。到了公司和同事起了罕见的口角，以至于午餐和晚餐都没甚胃口。下班前收到淘宝上买的英伦风格子衫，但实物与图片有着天壤之别，心情真是低到了尘埃里。好在晚上看了《中国好声音》，乃至搜索出一些陈年但动人的好歌曲。临睡前习惯性刷微博，发觉这个世界依然不太平，感觉明天会有一场起义。但次日在菜市场依然有为了几毛钱吵得面红耳赤也无果的画面……我是说，这一切终将湮没在苍茫的尘世里，没有人会在意你。你的所作所为对这个世界、对别人并没有哪怕一丁点儿的意义。不过尽管这样，我还是欣然答应了和大家分享我的吃喝拉撒——人们总爱一厢情愿地认为自己与众不同，我也不例外——毕竟 2012 年一定会与以往有所不同。

那么，我把日历一页页地从右往左往前翻，企图惊讶地发现自

己的脚印一步一步更加硕大与清晰，企图翻阅时光犹如翻阅一本累计叠加只进不出的定期存折般从容与喜悦，告诉自己、告诉世人我收获了成长与金钱，收获了历练与经验，收获了人世间难得的情谊与成熟，然而我不能！

因为直至码字到此的一刻，我都仍有难言的焦灼和祈盼。

的确，2012 年来了，2012 年终于要结束了。2012 年于我，的确与往年有那么一些些不同，尽管那些事情对别人来说没什么要紧，而这一年是我年轮形状里不可或缺的一年。

春天的时候，我整理了过去 6 年游历欧洲的旅行摄影图文，每天日夜颠倒、三餐不继地在电脑前享受高强度的辐射。这个世界太急躁与浮夸，多数人投机取巧过每一天，骗自己、骗世界。我要学会更清楚自己。

完成书稿后，我用了 50 天的时间重游了法国、瑞士和意大利。再次探访时，我不再像过去那样急于捕捉她们的美，而是放慢了脚步细细地品味与探寻。然而，难免也有故地难寻、人事变迁等重游的感伤，带着那些独一无二的经历与疑问，我重新定义了自己和许

多事情的价值。这可真是宝贵极了！

秋天，我还去了斯里兰卡。

对了，剔除岁月伤逝的感怀，我也乐意对自己所做过努力后侥幸得来的荣誉假装一笔带过地提及：夏天还没到，我受广东省摄影家协会艺术摄影委员会的推荐和邀请，成为15位委员中最年轻的唯一的女性委员。在新浪微博因为照相，我还认识了偶像夏永康，并与他的作品一同参加了国际慈善摄影展，这对终年默默无闻在角落仰慕他的小粉丝来说，是多么带劲儿的一笔呀！

夏天，我接受国际钯金协会的邀请，参加了他们的公益形象广告的拍摄，并担任女主角，初次以VCR的形式诠释旅行摄影和发现美的画面。

如果还有什么值得被提起，我会告诉你，与此同时，2012年我分别在三本不红不绿的刊物上写专栏，在不计其数的媒体上发作品。虽然还没有白头发，也努力保持皮肤光滑，但大笑起来已有细细的鱼尾纹……在岁月汹涌的长河中，比起伟人的逝世、贪官的败露、大桥的坍塌、岛上的纷争、体育健儿新刷的纪录及玛雅人的末日……那都真心不叫是事儿！

所以啊，只不过又是平凡庸碌的一年，我们就像那点点闪烁骤来骤去的繁星，却从不知道自己已装点了漫长而璀璨的银河。看到此处的亲爱的读者，傻了吧？谢谢你浪费了2012年一点儿的时间，来看我的一年。我也不想让你白看，送上本年中最俗气、做作、矫情、晦涩，但挺心灵鸡汤的两句话：你若安好，便是晴天；愿你被世界温柔相待。

2012，我保持消瘦，保持了对爱和触觉的敏感。感谢命运让我和我爱的人健在，除此之外，再没别的可以骄傲和庆幸的。继而面朝2013，我学着冷冷一笑，以为深藏功与名。

——选自2012年12月的《CECI姐妹科学》

“我的2012”专栏

媒体访问

2013 年 1 月《赢未来》专访，
关于我的新书。（节选）

《赢未来》杂志
出品人 / 主编 范国平
采访记者：方灵子

I ┃ 在第一部分书信中，你多次提到那个“亲爱的”。这个角色是虚拟的“他”，还是真实的爱恋对象？

这是很多人看完书后会问到的问题。“亲爱的 1868”可以说是虚拟的，也是真实的爱恋对象。它已经不是某一个人了，它身上具有所有我觉得好的那个人留在我记忆中的特点。“1868”就像一个代号，我们每个人心中都有一个“1868”，也许完美，也许破碎，但他会一直在心里。开心失落时，都会无意间想到。

上面是很官方的回复呀，下面我交代：最初的时候是写给未知的他，当时我希望有一个人理解我，和我说话。后来写的“1868”确有其人。再后来又是虚拟的了。总之，它是我的情人，永远不会离开我。

2 | 爱旅行的人，总有一颗不安分的心。他们总在潜意识中向往异地，总觉得在异地，会有好人、好事等待他。他们甚至对待工作、对待情感也持类似的心态，对此时此刻能结结实实抓在手上的一切没感觉，而对下一份工作或下一个伴侣充满了期待……你是这种人吗？

我好像不是！我恰恰是那种到了别处欣赏到好人、好事的时候，反过来更加珍惜原地的人、原地发生的事的那种。不管别处、别人如何好或者不好，只会让我更加珍惜已经拥有的。

如果说不安分，我的确也算不安分的，但我的不安分是有条件的。我知道得与失的道理，而且命运真的是公平的，我从不敢轻率地挑战它：差不多就好了，下一个更好的会更好，没有也没什么，有机会我就一定要去找，没机会也没什么。但是，似乎老天特别照顾我，总是让我感觉每个下一次都确实比之前要好。

3 | 旅行对你来说最大的诱惑是什么？

是看别人的生活，然后把自己的生活看得更清楚。

我觉得我的生活太简单了，但我不愿意把自己的人生复杂化。

比方说，我喜欢看美丽女人丰富的情感世界，她们有过惊天动地的爱情和故事，但我不愿意自己的世界也是那样丰富多彩的。这种矛盾有点儿纠结，但我很喜欢。再打个比方，在比自己所在城市发达的地方生活，我感觉对那个地方不是爱也不是恨，而是一种奇怪的参照。对比过后，我会更加珍惜我自己已有的生活。现有环境不好的，OK，没问题，我知道过好的标准是怎样，我可以用那个标准作为目标来要求和提高自己；现有环境比别处好的，那我会更加珍惜，觉得这一方面比别人强，不要轻易去破坏。

这样，旅行始终会在一个很良性的参照中让我看见生活的希望。

我很害怕做井底之蛙。看过越多世界，我越发感觉低调和谦虚的可贵。是的，旅行最大的诱惑就是我能一步步让自己往井外爬。

4 | 你觉得为什么很多人，尤其是年轻人普遍爱旅行，不仅工作可以为旅行让路，甚至希望将旅行当成生活本身？

好像不单是年轻人欤，最近还有对很时髦的“花甲背包客”夫妇。旅行对每个痴迷它的人来说，都有不一样的意义吧，有人喜欢借此寻找心灵，有人仅仅是为了换个环境休闲调整，有人是为了炫耀……

反正各种目的都有。但有一点可以肯定的是，旅行的时候，人是最真实的，是心甘情愿花钱去享受的，工作的情况则通常相反。

5 ｜ 在异地、在路上，衣食住行都要靠自己打点，甚至经常找不到人说话：孤独或开心都没人及时分享。这个过程中，自己离自己最近。你是否有过类似的体验？如果有，印象深刻的是哪次？

有啊。不过很奇怪，我是一个非常会享受孤独的人。不管是和家人、朋友或恋人，独处过后会让我更加珍惜与他们共处的时光。

我在独自旅行的时候其实就像平时生活，因为我挺喜欢独来独往的，非常亲密、黏腻的关系并不适合我。所以路上孤独而印象特别深刻的时候好像还没有，因为都习惯了。

6 ｜ 你满世界跑了很多地方，你的旅行方式与众多背包客或穷游族看上去非常不一样。你究竟是带着拍摄任务的工作旅行，还是自己的私人安排？

几乎都是私人安排。其实真的非常随意，我甚少有带着拍摄任务的工作旅行。我的出行真的就像我本人“也许胡来，也许走开”，是说，我几乎不为自己的出行下许多定义和目标，想去了，就做基本的准备，我也很少做攻略，大大咧咧、丢三落四的时候非常多，所以总是有遗憾。但是我很喜欢那些遗憾与残缺，因此我有重游的各种理由。过去我对人生甚少细致地规划，我喜欢随遇而安的样子，那是生命赐予的礼物，没有安排，一切靠自己的运气和勇气。我对星相、塔罗牌、算命预测这些非常不感兴趣，我不喜欢一切预先知道的东西。就像我这本书，我没有团队、没有炒作、没有代笔、没有噱头、没有潜规则，如果卖好了是侥幸，卖不好是正常，我就是想看看我在这个真实的世界里到底是怎么样的。它其实在两年半前就在准备出版了，但因为各种因素一直拖到今天。回想一下都觉得挺坎坷。我有一点点的懦弱，好像因此挺容易被命运牵着鼻子走，不够主动，但又觉得这样我就能兵来将挡，反而有去应付的把握。旅行也是，走到哪儿算哪儿，身上有 1000 元就有 1000 元的花法，有 10 000 元就 10 000 元的花法，这使我很难有积蓄，因为我总看得不长远。可是我一点儿也不担心，也许以后年纪再大些我就不是这样了。但那是以后的事，现在的我就很享受随便乱走，但又总能找到回家方向的走法。

现在也有越来越多的商务邀请，每次也是我一个人，会遇到一些不一样的困难和意外，我觉得我又发现了自己许多的勇气、优点和能量。

7 | 作为女性，旅行中，发生艳遇的机会会不会比男性多？

其实跟性别没有关系，想要发生艳遇的人，无论男女都有无限的机会。只是女性在艳遇这种事情上无论是自愿或被动的，在我看来，都是比较吃亏的吧。我指的吃亏不是身体与生理上的，我觉得女性心灵上的敏感度一定会比男性高，无论艳遇的感受如何，我十分不愿意有自己的心灵被丢在路上的感觉。我不知道该怎样表达，我真的没有在旅途上经历过艳遇，也许再年轻一些时会幻想过，但始终没法实施。我是个慢热的人，对许多人和事需要有了解后才能交付点儿什么，即使知道是演戏。也许也有缘分的缘故，我总遇不到符合我艳遇条件的另一个人。（我可以仰天长笑吗？哈哈！）

8 | 你的下一本书会是什么主题？

跟现在这本一定不一样了，但可以肯定的是，依然是真实的、不杜撰的有情而发的字句。可能是跟摄影不太相关的，或者跟旅行也不相关的。都有可能，到时再说。

对 话

F：我把你的书看到采访那部分就戛然而止，为何呢？因为我喜欢那样的你，她真实、抱怨自我；我特喜欢你写的诗，它们温暖得要死。我在每个夜晚总想跟你再去吃一次午餐，哈哈哈。我喜欢你那样观察生活，去面对那些警惕，你保持距离，让一切美好。我只翻了翻采访，那些诗句和情感之上的情绪真让人感动。我们不需要停留在情感里，它们太冲动，让我们失去直觉。我也不曾知道我要去哪儿，但是看到你和你的书，你习惯性地观察，厌恶，习惯，感动，总能让我不自觉与你随行。又想去看你，你也可不回我，总之你那么敏感，与想象一致，完美不完美都一样，那么合乎逻辑。哈哈。怎么说呢，好想去看你。你那些警惕那么可爱，不自觉的，总之如你所说，一辈子都不可能厌倦你。因为，仅存幻想，和温暖。来句特他妈俗的，有你真好！

我：前天，我从香港经停武汉，一下飞机就被海关一女的抽查行李。结果，安检员素质太差了，因为在 X 光下看到我有书（我带了许多自己的书去香港送给帮过我的人，也和名气特别大，但是特别没有架子的人交换了许多他们的作品）。海关的安检员不由分说就粗鲁地把我的箱子翻了个遍，每件包装好的东西都被拆开、撕掉，还用十分不尊重的诸多话语试图羞辱我、试图激怒我。他们原以为能搜到违禁品，或者没收些什么，无果就故意把我的内衣裤、袜子等全部摊开来往空中扔。我真是错愕了，这种只有在“鬼子进村”时的电影场面，我在全世界都没有碰到过！我无法用平常的理性与他们对话，因为对方正处于绝对优越感和战胜感的极致点上。我也克制住了用最粗俗的语言骂他们。可一出海关，我的眼泪就哗哗掉。发糕来接我，她大概第一次看到我掉眼泪。也许这件让我心很疼的事情很快会过去，但我终于懂得为什么会有“化成灰我也认得 Ta”这样的话。我是说，这个城市就在我最后离开时仍然带给我莫名的伤害，我的情绪仍能轻易被与自己不相干的人所干扰与控制。我好害怕这些突如其来的伤害，令人猝不及防。这种伤害并不是身体上，或者具体到心灵上的某瞬间的刺痛，而是，我没有对任何人有伤害的时候，这个城市的某些人不由分说地拒绝我、否认我，甚至是污蔑我。我就觉得好可怜。可怜的不是我，是这个城市，是这些人。文明的社会并没有带来任何文明的存在和沟通方式，这是令我心生恐惧的。原以为 2012 年已过，没什么好害怕了，却还是容易被击倒。我是说，爱并没有让我在这个世界上更勇敢。所以，我仍然会在遇到美好的时候保持距离和警惕。我不知道这样好不好，但我已经习惯。

你也是我遇到的美好成分，谢谢你给我的这些。我们大概都是一类人吧。区别是你愿意让自己喝醉，而我不敢。

F：你会心怀警惕地对待我吗？不会！我也不知道为何。就像你所说，你要去看我的书，我特喜欢你的小情绪和诗句。

我：对的。我要继续爱、继续写那些诗句。它们矫情而真实，真实到其实也刺痛了我自己的双眼。我要利用天生的矫情来过活闪耀、晦涩的每一天。我不警惕你。我也不想你被伤害，被任何人和事伤害。

还有很多读者发私信、邮件或微博告诉我，说他们不舍得在书中画摘，说为它包起了书皮，说书中每个句子都足以让 Ta 热泪盈眶。我不知道怎么说，因为我一直觉得自己过去时常是枚幽默之人，我时常说一句话就会惹得周围和身边的人哈哈大笑，但是我时常在深夜里一个人哭泣。我希望带给别人快乐，我也喜欢快乐着的感觉，但极致处，总是要流下眼泪才得以安抚自己孤独的心灵。（在书里我曾写："……如同一个人的爱情，总是找不到除自己以外的读者为之垂泪。"现在想来，我是如何奢侈，竟得到你们珍贵的眼泪。）快乐也好，悲伤也好，谢谢你们那一刻和我共同体会我的感受。

对我来说，出书不是玩票、不是偶然、不是出于虚荣，或别的什么水到渠成的需要。我喜欢阅读，虽然阅读得不多不深。我一直希望能把自己身上的优点甚至缺点揉缩进字里行间，寥寥几笔就让一些人懂我、走进我。或者

我就那样在一页一页间走进他们的心中。我确信有一些遇见，不是当你被簇拥，不是当你被传说，不是当你拾掇得光鲜被举高站立，我希望那些原本陌生的人在书架上发现我并决定把我带回家，然后，Ta 记住了我和我说过的话。就像恋爱，我从不需要相亲、刻意安排，我认为最难忘的邂逅都不是那样闪耀动魄的。

我好喜欢把书本捧在手里抚摸的感觉，我的 iPad、iPhone 从来没有一本电子书。我执意要将内心见过、汹涌过的美好画面变成书展现在你们面前，不是为了凑热闹、赚钱、出名。就像林夕说的，书是情怀的道具。我的确有让我自己的一些什么成为书本，被你们捧在手心阅读那样的情怀。就像明信片一样，书本将比我本身要传达给世界的多许多。

曾说，读书是个孤独的行为，我把书当作牡蛎的贝壳，钻在书里就像牡蛎躲在贝壳里一样安全。我很高兴我的书变成贝壳，让属于我的牡蛎躲在里边。谢谢你们告诉我这些。

2013 年 1 月 3 日 03:28:57 发表于豆瓣

CHAPTER6
长日留痕——北极之旅

2015 北极探险

探险家的白日梦

试一试触摸脑中的世界，那些被叫作白日梦的篇章，总配着合适的音乐、协调的画面，无止境地连续与延伸着。也许还是在童年，胆敢妄想跳到地球之巅，把万物踩于脚底，高呼“我是世界的主宰”。习惯试着去靠近梦想，那些东西如果拿出来分享，听起来就像痴人说梦。过于聪明像是一把磨炼千年的利刃，锋利的东西多少让人担忧，痴人看起来便总显傻得可爱。

傻人有傻福，幸运突然降临。放下电话，我准备去北极。两周后，我的名字将被这样记载：“人类第 115 次航行北极点成员。”这曾是探险家们的终极梦想之一，无人之境的神秘之处，黑夜及白天。《动物世界》里的北极熊配着一个浑厚雄壮、充满磁性的男性声音，节目里是这样介绍的：“神秘的北极，就在你的眼前，这是北极熊的世界，也是人与自然和谐相处的世界。”我至今还是体会不到那种奇妙，大致是清楚地知道这个孤独的星球已经鲜有什么秘密不能大白于天下。

还是一次旅行，没有极光的白昼，切实的白日做梦，星球的顶点，无从考证的奇特面貌。没有任何问题需要回答，再次清点行囊，我要带着最多的未知，去看望那里等待我的可能性。

被叫作战斗民族的人

我们乘坐前往北极点的叫作“50年胜利号”的核动力破冰船。那是个庞大的家伙，奇妙的玩意儿，只需要一点点核原料就可以让我们误以为我们是这世界的无上之王。它是现实版的蒸汽朋克怪兽，整个船体嗅起来似乎有一股浓浓的伏特加的味道。出发的感觉有些意思，一个组织，一群人，共同去向一个终点。我们拥有名字之外的代号：极地俱乐部成员（简称极友）。

我对那些陆地上和船上的俄罗斯人充满了好奇。自古以来，俄罗斯文明有奇妙的混合特性，既有违抗不得的纪律，又充满冷酷无情的压迫，虔诚中夹带着暴力，充满着音乐但也常粗野，忠诚而又残忍，一副奴隶似的卑微却时而表现出不屈不挠的英勇。这一民族无从发展和平的美德，他们面对漫长的冬天和待不到黎明的冬夜必须战斗，他们要战胜横扫冰封大地的凛冽极风。而在摩尔曼斯克碰见的俄罗斯人极其普通，不标注这个地名，大家或许会以为这些人是新疆的哈萨克族，嗓门大，热情地招呼你，不管是不是朋友，都可以喝几杯，被对方揍得鼻青脸肿或者把对方揍得前翻后仰，还能再次拿起烈酒顺着脖子猛灌下去，哈哈大笑……这些形象符合我对俄罗斯人的认知。“来！喝一杯吧，朋友！明天会更好！”

而船上的那些俄罗斯人，就颇有些意思了。大副船长有条不紊地忙碌，像一场精心策划的宏大史诗。一个男人严肃地告诉我们，哪些可以做，哪些不能做。我脑子里一直在响着《喀秋莎》的旋律，这条船似乎要带我去斯大林格勒（伏尔加格勒），为了某种信念，我们要奔赴而上、探索、不屈服，不问为什么。另一个黑衣人与我们形影不离，我有些紧张，回头冲他笑笑，他也笑笑，但是从不把视线离开我们。管他呢，就算是克格勃，也没什么了不起。在后来的行程里，他很少出现在我的视线里，但我总有种感觉，有一双眼睛一直注视着我们，我宁愿相信这样的目光出于善意。总之，随他去吧。

而在随后的日子里，严肃的大副船长倒是变得格外放松，他精心准备了启程酒会，不无自豪地展示着他的荣耀。作为经年行走北极的船长，他是值得尊敬的。另外一个全船最帅的大副则对我的室友神秘带话，牵引、兜售他那些自诩为宝贝的复刻品。当然，我承认，每次旅行碰到那些把廉价货卖出去的“好人”，这才是充满生活气息的场景。我不吱声，对室友使了眼色，打量着他要卖给室友的“贵货”，大概就是一幅复刻加工的航向图，随便说了几句附和的话。

他看我们并没有要买的意思，一个快速的微笑闪过，叮嘱我们替他保密。

酒会在密闭温暖的舱内，干燥，有些闷。我裹上统一配发的极之美大衣，到船舱外去透气。眼前是没有边际的大海，几个俄罗斯男女在抽烟闲聊，没什么表情，我们彼此礼貌性地打了招呼，便再无交流。几小时前，他们曾热情地跳过传统舞蹈，甚至集体跳循环播放的《小苹果》广场舞。我认为这是他们的一种热情，也是一种取悦。这个小小的世界里，没有网络、没有信号，断开了与外界的所有联系。这便是旅行开始的样子：疾风，大海，世界，陌生人，猜测，试探……极像我第一次去法国，就这样独自一人去等待一个个故事的开始，把它们留在笔下和相机里。当然，这些故事里也有战斗民族，如果他们不介意。

玩乐时光

哦，朋友！你必须时刻保持新鲜的视角看待所有的未知与细节。不，想象的能力，你得为你要遇到的处境创建更多的想象空间，别去揣测它，可能性多着呢，这才是旅行有趣的地方。

想起临行前朋友约吃饭，微醺时谈到了一些有趣的事，大概也并不算新鲜。我们描绘了浮世绘，不能免俗从那些流行的东西开始。《泰坦尼克号》——避不开生离死别的爱情，严酷的等级制度……他们乐不可支，我也乐意与他们一起分享这样的快乐。船上一段生活，雷同的条件，巧合的环境，难免联想翩翩。

倒是最后的谈资留在了我的脑海里，奥古斯特•雷诺阿那幅《红磨坊的舞会》。那时，我刚从巴黎回来，像个巴黎人一样跟那些土著朋友在深夜的蒙马特区游荡。我熟悉那个街区，熟悉那些放下包袱后的释放与洒脱，可以说每个巴黎人的压力都不隔夜。对于他们来说，享受生活是每天的事情，他们乐意去装扮，在街头舞蹈或聚会，这个画面简直成了我的认定。我带着这些认定进入船里的人群中，期待一些快乐的事情会发生。但你总得承认现实有时候有些不同，尽管这些不同就是差了一点点，却改变了整个画面的笔触和光影关系。

上船前，我才开始看极之美的旅行手册，里面有这次队友的个人介绍。他们来自各行各业，形形色色，有不少名流。很快，我们就在甲板碰面，在工作人员的组织下开始了第一次见面会与分享，这些没什么特殊的过程里，我们都在主动和被动地跟身边的陌生人交谈，彼此熟悉、了解对方，又迅速散去，三三两两地走向住处、餐厅、健身房、酒吧以及图书室。没有什么红磨坊的舞会，倒是那些最朴实熟悉的声音，好像我邻居的阿伯或者楼下那个总是叽叽喳喳、快快乐乐的家庭。我和他们聚在一起，关怀或者询问都没有目的，很轻很轻，却温暖，万里航行，冰海与天空连在一起，颇有相依为命的意味。他们都说要我在极点拍些照片给他们，这是一生的回忆，我很乐意地接受了。这像是，我把我在广州的早茶、上海的弄堂搬进了船舱，少了很多描摹美妙的期许，更多的是温暖的东西，那是比奇特相遇更扎实的东西。

好笑的地方就在于这儿，作为一个成年人，经常有一些幼稚而美好的幻想，却更依赖那些真实存在的人与事。

把世界留给自己

我热爱那些由时间、空间和人构成的世界。三者缺一不可。这世界有许多无法度量的尺寸，如意外，难以被准备。那么，第一个开始航行的夜晚需要做的第一件事是什么？充满白昼的日子不必用来算计到底走过多少天，我把它当作上天的恩赐，摘掉手表，时间停在那里。颠簸中前进，每靠近极点一秒，心也跟着跳动，仿佛心甘情愿接受这样种种细致仪式的煎熬。而窗外，从明亮到明亮，从松散的冰到连成一片的坚冰，永远是望不尽的白。

过去，我曾遇到一个观测员。他的工作就是出海，观测两个小时睡两个小时，周而复始，一周的工作结束便有了假期。我曾经问他是否会感到枯燥。他的回答有些让人摸不着头脑：“我跟人在一起的时光，都是最简单的相处。跟大海在一起，只是互相瞭望。”

单号，最顶层。我的房间门上印有我的名。

狭窄的床，身体和遮光的帘子随船一起颠颤。

准备登陆的水靴倒挂着。船舱有新认识的室友的呼吸声。

那是一段从不会失眠的日子。

我在美梦中被大声的广播叫醒，极之美的领队兴奋地比画，我脑子有些蒙，半天才听清楚。“前面有另一艘大船，快出来看啊！”那是一艘返航的船——海精灵号，也是我们最近碰到的唯一生物——一群人。人群在挥手，大声喊“你好”“hello”“兹德拉斯特维杰（俄语）”“绑树（法语）”。人群全部涌到甲板，两艘船减速慢驶，一步步靠近，像久别重逢的两个人。所有人都跑向船头甲板，吹口哨、招手、跳舞，都想在世界尽头无人之境让对面的人看到自己的存在！对面船上有一两个房间还突然跑出只穿比基尼的金发美女，冲着我们手舞足蹈兴奋地尖叫。当时间和空间被停下来，就像现在，我们好像被放置在一个白色的房间里，去探寻那个永远没有答案的问题，一直这么重复着。我猜测这就是人生的荒谬所在，我们永远无法在孤独中获得快乐，而那些人多的地方，总是吵吵闹闹，熙熙攘攘，永无休止。此时的我们在彼此眼中，只有一个代号——人。此刻的声音，我相信是人类最美好的发声。

至今，我也不知道他们来自哪里，那是一群温暖而幸福的朋友，那艘船上全是笑脸，我们用力向彼此靠近后便渐行渐远。——我只记得这些。

漂亮的仪式感

喜爱金色，源自远古的记忆，那是丰收后落日余晖洒在麦芒上的颜色。我对于金色最天然的反应——满足。庆典，节日，祭奠，这一切都关乎这件事。金色的食物与黄金是怎么搭上关系的？不得而知。对于食物的满足，两个层面——温饱和仪式感。而在极端气候的北极，“吃”这件事，充满玄妙。

登船驶向北极点的第一天，船方为我们准备了丰盛的食物。那种场面拍摄下来，一定是让人满足的。从头盘开始一路吃下来，沙拉、新鲜的海鱼、羊肉、冰淇淋，即使是柠檬香草肉桂，流程与仪式感也一点儿不会省略。对于温饱的所有顾虑，悄然间已被某种情绪转化。在船上吃这样的一餐，感受接近去吃米其林餐厅。极之美的工作人员也总是很贴心，餐前总会在餐厅自助台入口处放一瓶从祖国带来的老干妈辣椒酱，供大家随意取食。这第一顿饭，它并未引人注意。

这就是周而复始的旅行，它让我第一次感受如此强烈，如同日常反反复复不断复制的每一天，我好像生活在土拨鼠日那样的时间里，不断重播的影片，一个自我修复的机缘。决定这部影片的不同之处，倒也包括每天变化的餐食，它成了主角之一。我总是用酒来干扰这样的节奏，不要让时间看起来像是钟摆，它应该有一些变化，而这种力量并不会太长、太持久。就像一场看不到终点的马拉松比赛，

那沿途偶然的欢呼雀跃和甘泉只能赐予你更多的激励，它是无法改变这件事的结果的，你还是得义无反顾地奔向终点。

航行的第五天，我的生物钟已经完全紊乱，困了睡，醒了做一些喜欢的事，让这样稳定的节奏尽量有一些跳动的音符和强拍。餐厅里的食物依然如此精致，与第一餐别无二致。人们不再热热闹闹地谈论美食，吃得似乎也比开始少了许多。然而，每天例牌一樽的贴心的辣酱，瓶子像洗过一样，晶莹剔透。几个聊得来的朋友，看到我呆呆地站在那里，冲我不停招手，叫我到某个极友的房间里去。

腌菜、萝卜干、辣酱、泡面、小包装零食，冰箱塞满了故土的味道！“你们谁是这里的上帝，我要膜拜他的恩赐！”泡面的水蒸气和欢乐笑声一起飘出了船舱。剩下的日子里，我回到规律的生活，定时出入这个满是宝藏的房间。

就像所有的宝库一样，每天你都会发现一些惊喜，这些宝贝陪着我直到甲板BBQ开始，胜利返航。那天有些醉意，我们在甲板生火，围拢起来。颇似一个捕猎归来的场景，我仿佛置身于马蒂斯和高更的画作中。在这冰冷世界的所有暖意，你无法通过那些暖风获得，倒是这燃烧奔腾的火种，它会燃起你对生活的笃定和希望。此时的它们是金色的，前所未有的满足感。围着燃烧起来的金色的，是碎碎细细踢踢跶跶的舞步，一张张映得通红的脸，海风疾行，雁鸥奔翔，这大致是我对大快朵颐丝毫不拒绝的一次。

我们在赫尔辛基返程，连吃三顿不太正宗但极其可口的中餐。有极友席间甚至放出豪言，“以后再也不吃西餐”。临别前，我买了礼物送给那位在船上雪中送炭的极友，也很好奇船舱冰箱里，他还剩下多少宝贝。“太占地方，留在那里给下一个人做干粮吧，不背啦。”他冲我笑笑。

莫梵稀

无主之地

我第一次看北极熊是在水族馆，忘记是冲绳还是加拿大，只记得那些熊比我想象中更加胖。水族馆是白色的，它们生活的房间里充满植物和绘画，恒温循环的净水，一切都很舒服。似乎它们是这栋新房子的主人，这里的一切已经安排妥当，我们作为客人，客随主便就是了。

这一切要是拿给一个人，也算是足够好的环境。

对于拍摄北极熊这件事，我确实低估了北极的浩瀚。船上的另一位信心满满的摄影师每天都会在甲板上摆弄他的600mm大炮，而我也一直把300mm攥在手里，坚信自己有这样的好运气，能够近距离遇到它们。当然除了北极熊，那些冰崖也是让人期待的，只是这一路上，我看见的大多是大片的浮冰和海水。那是一些奇怪的情绪，莫名地害怕，我们赖以生存的生命之水，它们不再被封存，似乎不知要去向哪里。这么荒谬的事想一想就好，谁又愿意放弃争夺，率先停下来呢？还是安静地等待北极熊吧。外面实在太冷，我坐在控制室的舱里喝着热巧克力，极之美的总领队则更像一个高度警惕的哨兵，时刻举着高倍望远镜，帮我们捕捉北极熊的影子。“各位队友，各位队友请注意，在我们船头右前方两点钟方向发现三只北极熊！

请大家穿好衣服到甲板来看。它们一家在那里，很近！”领队在广播里发出指令，瞬间，所有的“长枪短炮”像一支纪律严明的部队，快速有序地占领了整只船，所有的“枪口、炮口”同时对准了北极熊们。我还没看清它们，我想它们一定扭捏作态，像个刚刚成名的明星。

它们一家人在那里，我与熊爸爸对视着，它那眼神里的东西很复杂，不苟言笑，有警惕、疲惫和无助。它们比水族馆里的北极熊要瘦很多，长长的，体形像是一只古代牧羊犬。我们就这样看着对方，彼此都没有任何动作，直到它们消失在视野中。之后也曾遇见几次海豹，却再也见不到北极熊的身影。“它们的天敌是谁，怎么跟我印象中的北极熊不太一样？”我问身边那位会讲中文的俄罗斯极地科学家金马。“北极熊作为‘北极圈之王’，除去人类，几乎没有天敌。北极熊的天敌本是猎人，在这个无须捕猎的工业时代，全球变暖是它们唯一的敌人，当然，目前对于人类重要的事，是插在北极那八面国旗。人类首先要思考谁是无主之地的主人。”金马无奈地耸耸肩。

隐藏一片树叶最好的地点就是树林。树林消失了，那里的所有生灵就像未曾出现过。我算是有些明白熊爸爸的眼神，我也不喜欢那些毁掉别人家园的侵略者，无论他们是谁。

朝圣者的挽歌

我清楚地知道，这是追随的旅程。伟大的拓荒者引领留下的，全部藏在这白皑皑的镜面之下。无论是多么清冷、自我的世界，到了这无尽的空间，都显造作。那些沉入心底多年的愿望，开始生长。探索本身就是在建造一座没有围墙的迷宫，你从任何地方都可以进去，你从任何地方却走不出来。那是一股像旋涡一样的怪力，它不停扭动着，试图诱惑你去了解世界的真相。

我们为何要探索？在恐惧与不解面前，原始的征服欲望和冰点以下的极度冷静，会诱发出所有的潜能。征服之心、内心的坦诚、美丽细节……一切都会留在空中，成为风声。

我是安静湾的朝圣者，它是俄罗斯一座废弃的科考站，而我对它的功能并没有兴趣。那里是旅行者和探索者的神庙，有某种图腾的符号意味。一座建筑物或者一个遗迹为何会有了生命？那些曾经壮丽的真相，包含了残酷、辉煌、意志与敬畏。它是北极的新生命，有血脉的土地，那里的每一处都有人们存在过的线索。我相信那是一段枯燥乏味的日子，就像经过描摹的美好时光，一片纯白色的北极，你每天都不得不面对它。

噪声远去，所有心中之事尘埃落定。就是这些白，对我来说，世界成了那条船。而对于安静湾曾经的探索者，这片荒芜之地便成了世界的中心，困扰、烦恼都会被孤独和枯燥替代。那种宁静，可能并没有想象中美好，没了土地，生活在真空，飘浮在宇宙，永远孤独存在。

这是属于朝圣者的挽歌，落幕的已然彻底落幕，我们有聪明的机器、完整的方法甚至更少的危险来面对这一切。开拓者在创建一个美好的路径，通往新世界的漫漫长路。我们似乎打开了这本神秘之书，几分钟便是百年，而那艘船成了北极的某种小世界，我们与这苍白的世界之间，只剩下挥手致意，再无交集。

我不遗憾过客般地游走，这片净土之上的故事，它们就停在土地上，替我们保守秘密。

O 形脉络

毕竟我不是个科学派，更愿意相信直觉联系起来的事。

无论这个星球有多少绝妙之处，我只能凭借真实感受和切身体会，在抽丝剥茧、庖丁解牛般的探索中，成长为孤独的侦探、自我的哲学家。就像每个故事的开始，总得保持一些必要的信念。起初是克鲁亚克式的理想，接着是卡尔维诺般幻化迷离的梦中奇景，最后留下一行话，有人称它为诗、箴言、真理，无论怎么称呼，这样一句话时常出现在梦里。

你是否热爱旅行，完全看你怎样看待它。毕竟，日常的枯燥怎么也不会跳出这个地球，一个画面的描摹也解决不了你回归到日常的无解。这也是我一直旅行的方法：预设以及获得惊喜。毕竟，我相信生活里的无尽可能，它们也许就是真实所在吧。

我不是个宗教信仰者，也无意避开神祇般的联系。作为渺小的生命，无用的使用感是不必要的，这在我漂泊自我的生活中，一直是件确认的事。而在这船行 7 日之中，来到北纬 90 度这个被称为“北极点”的地方之前，诺亚般的启示录，摩西式的奇景控制着心智。当站立于地球之巅，它会是怎样的感受？

那是一个明媚的日子，没有想象中的狂风和阴霾，也不会让人

觉得有任何不适。我们早早接到通知，像军人般整理好装备，在极之美团队的协助下有序地离船。这是 7 天来第一次接触陆地，就像那些漂泊许久的水手，船是唯一的意志，而陆地让所有的一切糜败在方向和人群中。我感到腿有点儿酸，开始在眩晕的意识中一边捕捉起初的设定，一边跟着人群走向极点。那里插着一块巨大的红色牌子，上面写着“到达”。

我帮许诺好的极友照相留念，他们有的留下豪言壮语，有的绕着北极点不停地旋转，有的痛哭流涕，有的在冰上打坐，还有些对着孩子不停描述这件事的意义所在。

这是唯一的时刻，人们因幸福而微微发抖。我抬头盯着那块牌子看了几秒。好的，就是这样，我所处的位置，北纬 90 度，地球的最尖尖上。我生活在北纬 31 度 11 分，地球的另一个点。

也许极点的意义就在于，它有一个难以企及的名字。物以稀为贵，我更赞同那些探索，而非一些无趣的价值观探讨。北极点对于我，算是目前走过最远的一个地方，是我旅途生涯较为稀有的宝藏。这段距离和时间的价值胜过一切，生命是时间的追赶者，白日将逝，我要停下来好好想想这件事。

NORTH
90°N
POLE

只是个开始，写在最后

长日留痕，回忆会很美，很美。行囊沉甸甸，旅途有一点点儿旧信封才知道的疲惫。抽离出来的经历，让我重新唤起意识。这世界只要还在脚下，便要保持虔诚质朴之心。你看那极地的花儿，它们就是那样生长，风中摇曳，没有什么高深的精神诀窍。燕鸥不会去找春暖花开，它们的目的地指向南方的南极。倒是这些平凡的细节帮了大忙，不必通过宗教去一遍遍疏导，也不必通过艺术文学去精进你的动机，更不必去追求自在的境界。

向自然学习是每个生灵的天性，在这里，封印被打开。那些被描述成优秀品质的东西，自然而然地展开。我看到我的极友杨锦麟老师毫不犹豫地跳进冰海里畅游，李银河老师一遍遍地阐述着我们荒谬生活的目标与意义。极之美团队，像是一支训练有素的军队，带我们打开每个篇章的北极故事。还有我们的极友，在与世隔绝的日子里，一起把无聊的事儿变得真挚和有趣。这样纯粹善意的人生经历，是一次旅行最好的收获。

我仍然无法想象离开后，漫长悠远的黑夜，这里会有怎样无望的孤寂？我无法获悉，隐藏一块蓝色冰块最好的地点是否在海洋？

北极带给我的震撼已经足够消解轻薄的好奇。

率性地生活、随意地行走，用自己的感受左右世界的形状，敬畏和赞美自然，用独有的视角描摹这个我心中所爱的世界。北极给予我的很多很多，这只是个开始。

第 1 天

抵达芬兰首都赫尔辛基 60° N

第 2 天

赫尔辛基——俄罗斯摩尔曼斯克　包机飞行，上船 69° N - 73° N

搭乘芬兰航空包机经过 2 小时的飞行抵达俄罗斯军港摩尔曼斯克，登上这艘世界上最强大马力的核动力破冰船——50 年胜利号，于傍晚时分启航，朝向世界之巅驶去。

第 3 天

穿越巴伦支海 73° N - 79° N

航行于巴伦支海上，专家介绍北极地区的生态环境、动植物情况及各种奇特景色，晚上船长鸡尾酒会及欢迎晚宴。自 19 世紀初，人类留下第一个探险足迹以来，就不断有各种可歌可泣的故事发生在这片土地上。自从科学家在 1957 年的国际地球观测年开始研究极地后，北极点的神秘面纱即被揭开，随后有更多的人驶向这片遥远冷酷的极地。

第 4 天

继续向北航行 79° N - 82° N

今天有机会熟悉整条船，了解破冰船的性能和破冰原理。到驾驶舱和核动力控制中心参观，聆听总工程师对这艘核动力破冰船的介绍。船长见面会，零距离接触庞然大物的驾驭者。

第 5 天

途经法兰士约瑟夫地群岛，进入冰区 82° N - 87° N

航行途经归属于俄罗斯的北极群岛——法兰士约瑟夫地群岛，搭乘冲锋舟登陆其中几个著名的岛屿。不同的讲座穿插其间，北极的人文地理、历史、气候状况及野生动植物的生态变化等，展望极地环境变化对人类未来长远的影响。海神波塞冬举行盛大的欢迎仪式及美味的烧烤晚宴。

第 6 天

破冰航行 87° N

开始了真正的坚冰之旅，搭乘船载直升飞机飞跃破冰船，观赏北极地区特有的极地风光。船上的专家和随行的翻译在现场给大家做生动的极的知识培训。船载直升机随时待命起飞，除了担任空中侦查、指示船行水道、协助破冰续航外，还要从空中俯瞰破冰船航行、勇往直前的景象。太酷了！北极熊出没！！看到一家三口的北极熊，它们好瘦好孤独。

第 7 天

抵达北极点 87° N - 90° N

50 年胜利号缓缓驶入北纬 90 度，来到世界之巅！我们走下破冰船，体验一生中最难忘的时光。所有乘客手挽手围绕北极点组成一个大圆圈，绕地球一周，举行升旗典礼，一起欢呼雀跃，欢庆这个时刻。

JUL.08　JUL.09　JUL.10　JUL.11　JUL.12　JUL.3　JUL.14

JUL.15

第 8 天

向南航行 90° N - 86° N

离开北极点，50 胜利号返航向南前进。

JUL.16/17

第 9 / 10 天

俄罗斯北极群岛 86° N - 79° N

探险法兰士约瑟夫地群岛。群岛大部分是月球陨石坑，人们也称之为月亮群岛。月亮群岛是北极熊、海象和众多北极鸟类的家园。我有幸能够近距离看到野生北极熊。岛屿四周海域布满厚薄不一的海冰，群岛上有活火山、冰河等地质地貌。奥地利著名探险家 Tegetthof 于公元 1873 年发现此群岛。在此搭乘冲锋舟登陆冠军岛 (Champ Island)、泰格早夫海角 (Cape Tegetthoff)、俄罗斯北极国家等地。当船航行进入宁静湾 (Calm Bay)，一处巨大岩石鲁比尼岩 (Rubini Rock) 前欣赏到悬崖峭壁上筑巢的上万只北极鸟类。

JUL.18

第 11 天

继续向南，再过巴伦支海 79° N - 74° N

一直南航，不断穿过远古陈积的古老冰层、冰丘和美丽的冰山。

JUL.19

第 12 天

驶向人间 74° N - 69° N

下船前的最后一天。出席船长鸡尾酒告别会和告别晚宴。

JUL.20

第 13 天

抵达摩尔曼斯克，下船，包机返回赫尔辛基 69° N

清晨抵达摩尔曼斯克港口，和船员们依依惜别，满载难忘的回忆踏上飞回赫尔辛基的航班。

JUL.21

第 14 天

告别赫尔辛基 60° N

家常絮语

文 / 我的父亲

阿c小时候，我家住市文化局办公楼的顶层楼上，一出门就是市委大院，活动空间蛮大的。当时也没有条件来过多设计她的童年生活，每天就任她到大院和孩子们狂奔。作为父亲，我对她的关照也挺不够的。我在杂志社工作，家里的书刊杂志倒是不少，她回到家里除了看书就是乱折腾。我在当时唯一留下的文字记录就是一首《为女儿写真》的诗："四岁西西娇又娇，家庭王国独称豪。飞机大炮连天闹，灯泡花瓶无处逃。供不应求新故事，乐而忘倦旧童谣。兴来跳到窗台上，要与爸妈试比高。"

市文化局新建宿舍后，我家也搬进了三室两厅的新房。饭厅的吊扇可能质量不佳，有时会越转越快，甚至狂转。一家人边吃饭，边说笑话。阿c妈随口说了句："狂人买狂扇。"阿c接着说："狂扇吹狂人。"于是，我接下去凑了一个对联的上联："越吹越狂，越狂越吹。"我灵机一动，想考考大家。问谁能对出下联？试着动动脑筋。因为过去我们也在家里讲过对联的话题。不一会儿，阿C便说："有了，穷人生孩子，孩子累穷人。越生越穷，越穷越生。"虽然，这副对联严格说来并不合格，但我很惊讶一个八岁的小孩子，怎么会有这样的思路？是不是与周围的文化氛围有关？

知道孩子喜欢阅读，我们夫妇便议论说，孩子的心灵是一张白纸，不能受到污染，一定要给她看些经典的好书。还讲到极左时期的所谓"红色书籍"，很多是宣传仇恨和斗争的，缺乏人性，不必给她接触太多。阿 c 妈还说，将来的中国人不能再像以前一样古板了，要培养孩子的幽默感。于是，我们在孩子开始阅读时便让她读到一些外国名著，如《巴黎圣母院》《世界幽默大全》等书。现在回忆起来，当时的选择不错。起码阿 c 现在的性格和文笔，已经摆脱了我们这一代人的许多模式和习气。

阿 c 是我家的独生女，但在当时的条件下，父母也管不了好多。刚上小学，她便自己骑着家里的大凤凰单车到外面乱冲乱闯，一次撞上了家门口的垃圾桶。“嘭”的一声，吓得旁边的人直傻眼。回到家里，她自己钻进被窝里不敢让人知道。所幸通过这一撞，单车也学会了。后来学骑摩托、开车也一样，待人家告诉我孩子会骑摩托时，她早已是驾轻就熟了。慢慢地我们还发现，她不太爱整洁，自己一个房间也懒得收拾，说了也没用。初中时她在广州读书，听说曾荣获班里“垃圾虫”的称号。有一次，她说“留住青春不要痘”的句子，我给她对了一句：“清除垃圾莫成虫。”这事又提醒了我：这孩子是不是有文学方面的天赋？可是，孩子告诉我，她最喜爱的是英语，于是高考后她便在大学读英语。我们也没有刻意要她学什么。比如我喜欢诗词，但我估计，连我写了些什么她也不知道。

孩子中学以后，便靠她自己管理自己了。她学了些什么，其实我们也不甚了了。大学毕业后，她到一家上市公司工作。公司根据她的特长，分配其负责广告策划宣传工作。为了配合其工作业务，家里给她买了电脑。那段时间是她工作压力最大的时候，也是她在工作中学习收获颇丰的时候。除起早摸黑在公司工作外，她回到家里半夜还在电脑旁忙碌，自己买了一大堆设计、创意类的书籍研究。有时拍完广告还要到电视台制作广告节目，整夜不能休息。她妈妈怕她累坏身体，经常在半夜三更看到房间灯还亮着就去敲她的门。后来被敲烦了，她干脆在门缝间用衣服塞了起来，不让我们看到灯光。当她妈妈把这些情况告诉我时，我只好摇头，并且说，孩子长大了，也不必管得过死了。后来我想，她在摄影方面的许多技术，是在这段时期磨炼出来的，至少是在这段时间打下了坚实的基础。

作为父母，除了为孩子的前途、命运操心外，最为担心的还是怕社会的大染缸，会异化一个人纯洁的心灵。但后来的事实却没有使我们失望。孩子虽然为了她的爱好如醉如痴，却始终保持做人的本色。她除了对自己的亲人外，对社会弱势群体始终保持着一片爱心。文化局宿舍有一老太太摔伤了腿，走路不是很方便，每次碰到阿 c 下班，她都会把自己的摩托放下来，扶老太太直到家门口。老太太逢人便说，现在的青年，难得有这样不嫌弃老太婆的。

但阿 c 不喜欢人家多说好话，也不喜欢背后说长道短。她做事会凭自己的原则去做，纵使人家有误解，她也并不介意。直至现在，我和她妈妈住在一起，也很少听到她的甘言，但彼此的心却是相通的。

阿 c 到《当代检察官》杂志社，曾负责该杂志英文版的编辑和出版工作，后来又有几家畅销时尚杂志社邀她去。一连好几年，她都与杂志的图、文工作打交道，也大大提高了她这方面的水平。渐渐有《最小说》等一些较前卫的杂志寄来稿酬、样书等。后来，一些年轻人告诉我，你女儿在网上很牛，一大把粉丝，有一些新潮杂志纷纷采用她的摄影作品和文章。前两年住武汉，一位在中南财经学院的亲戚原定要来看她，后来又来电话说要改期，因为她要去武汉大学听一场很重要的讲座。谁知到武大才知道，演讲嘉宾原来就是自己的表姐。这些年来，知道她的人也多起来了。河南电视台十多集的《拍客行动》，以“环球旅行摄影家”的名义请她当评委。广东省摄影家协会主动要她加入广东摄影协会，当理事、当艺术创作委员会委员。澳大利亚旅游局、芬兰旅游局等国外邀请也逐渐多了起来……同时，有好几家出版社主动联系她，希望给她出书……

今年春节前，阿 c 的第一本书《请把我留在最好的时光里》由上海文化出版社出版了。当她告诉我全国书店开始上架时，我第一次到广州天河购书中心，只剩下两本，我不客气地买下了。接着不断有周围的朋友询问孩子出书的消息，我又去了一次书店，还有七本，我又买了下来，送给一些好友。店员告诉我，没想到这本书还挺好卖的，已进了好几次货了。阿 c 说，出版社确实接连加印了好多次。因为这些年我一直住在广东省作协，知道许多资深的作家都靠自费出书，或者靠单位、老板赞助。就拿我自己来说，干了一辈子的编辑工作，深知吃艺术家这碗饭之不易。我认识的一位摄影家老乡，在《人民画报》工作了一辈子，晚年靠华侨资助部分资金出了一本叫《客家人》的集子，出版后，像“沿门托钵”一样到各单位推销。比起这些前辈来，觉得孩子能在文学艺术上依靠自己的实力混点儿名目，实在太不易了。在当下物欲横流的社会上，许多人都只注重经济收入，鄙薄精神劳动，其实，这恰恰是一种短视的思维。作为父母，当然为女儿的进步感到欣慰。现在，阿 c 的这本书要以更高雅的面貌问世了，她要我写点儿什么，我想，和家里人说话只能拉点儿家常。于是，不修边幅、拉拉杂杂地写上这些，聊作书中之补白吧。

2013 年 8 月

尽管你的航程行了千万里，再过千万里之外，仍然是大海。

图书在版编目（CIP）数据

莫过如此 / 莫梵稀著. -- 北京 : 北京联合出版公司, 2016.4

ISBN 978-7-5502-7167-8

Ⅰ. ①莫… Ⅱ. ①莫… Ⅲ. ①随笔 - 作品集 - 中国 - 当代 Ⅳ. ①I267.1

中国版本图书馆CIP数据核字(2016)第023244号

莫过如此

作　　者：莫梵稀

责任编辑：李艳芬 徐秀琴

装帧设计：王佳音

北京联合出版公司出版

（北京市西城区德外大街83号楼9层　100088）

北京市雅迪彩色印刷有限公司印刷　新华书店经销

字数134千字　889毫米×1194毫米　1/16　16印张

2016年4月第1版　2016年4月第1次印刷

ISBN 978-7-5502-7167-8

定价：46.00元
